30 年改革开放的实践证明，改革开放是决定当代中国命运的关键抉择，是发展中国特色社会主义、实现中华民族伟大复兴的必由之路。

大中国

——改革开放30年幸福回望

DA ZHONGGUO

GAIGE KAIFANG 30NIAN XINGFU HUIWANG

陈 磊／主编

四川出版集团

四川美术出版社

图书在版编目（CIP）数据

大中国：改革开放30年幸福回望 / 陈磊主编.—成都：
四川美术出版社，2008.9
ISBN 978-7-5410-3696-5

Ⅰ.大… Ⅱ.陈… Ⅲ.改革开放—成就—中国—青少年
读物 Ⅳ.D61-49

中国版本图书馆CIP数据核字（2008）第132965号

策　划　田　曦
主　编　陈　磊
撰　文　杨　萍　陈　磊
统　筹　李自强
资料收集　木　木　一笑倾城　刘宏涛　张　伟　丰　子

大中国——改革开放30年幸福回望
DA ZHONGGUO ———— GAIGE KAIFANG 30NIAN XINGFU HUIWANG

责任编辑　陈　晶　李　成
封面设计　侯　荣
装帧设计　陈　晶
责任校对　培　贵　倪　瑶
责任印制　曾晓峰
出版发行　四川出版集团·四川美术出版社
地　　址　成都三洞桥路12号
邮政编码　610031
制　　版　四川上翔数字制印设计有限公司
印　　刷　成都金星彩色印务有限公司
成品尺寸　185mm×250mm
印　　张　10
字　　数　200千
图　　幅　320幅
版　　次　2008年10月第1版
印　　次　2008年10月第1次印刷
书　　号　ISBN 978-7-5410-3696-5
定　　价　29.00元

第一章

政 治

引 言

梦想一旦被付诸行动，就会变得神圣。——阿·安·普罗克特

在现实生活中，我们每个人都有着不同的梦想，从记事以来，梦想就伴随着我们成长。

从大的层面来说，梦想，是一个国家奋勇前进的灯塔，是一个民族百折不挠的精神支撑；从小的层面来说，梦想是每个人对未来生活的美好理想，是努力奋斗的精神支持，是战胜现实的不朽动力，是幸福生活

■ 邓小平在中国共产党十一届三中全会上

的快乐源泉。

回顾过去，在中国封建社会，人民最大的梦想是获得人身自由，获得尊严，获得私有财产。"等贫富，均田地，无贵贱"。鸦片战争以来，人民最大的梦想是进一步获得自由、地位和私有财产，推翻帝国主义、封建主义、官僚资本主义这"三座大山"。新中国成立后，人民最大的梦想是在中国共产党及中国政府的英明领导和带领下建设社会主义社会，解决中国人民的温饱问题。改革开放以来，中国人民认识到，只有中国特色社会主义才能发展中国，才能让人民过上安定、富裕的幸福生活。

于是，我们伟大的总设计师邓小平为中国人民设计了一个共同的梦想——走改革开放的发展道路。

我们的总设计师邓小平之所以伟大，是因为他切合中国国情提出了改革开放道路这个梦想，并且一直在设计着这个伟大的梦想；他之所以伟大，是因为他一直走在改革开放的最前沿，带领中国人民实践着伟大的梦想；他之所以伟大，是因为他一直在中国人民的身边，并和中国人民一起创造着这个神圣而又伟大的梦想！总设计师邓小平亲手设计的强国梦真的让十几亿中国人强大起来了！

1978年12月18日至22日，中国共产党第十一届中央委员会第三次全体会议在北京举行。中国共产党第十一届中央委员会第三次全体会议的召开，标志着中国改革开放时代的到来。紧接着，相关部门制定了一系列有利于改革开放和富国强民的政策。

在中国共产党的正确领导下，中国人民团结奋斗，创新实践，以积极进取的刻苦精神和坚定不移地推进改革开放和社会主义现代化建设的热情，使中国的国际地位、经济实力、综合国力、人民生活水平都上了一个大台阶，中国的面貌发生了历史性变化。中国的改革开放道路从摸着石头过河的前期实践中逐步提升和跨越，每一天每一刻都有来源于这个神圣梦想的惊喜。

1 1978年12月18日，中国共产党第十一届中央委员会第三次全体会议在北京举行

2 1978年中国共产党十一届三中全会上，展开实践是检验真理的唯一标准大讨论

3 1984年10月1日，庆祝中华人民共和国成立35周年的游行队伍中，北大学生举出了横幅

■ 邓小平在四川峨眉山与当地教师亲切交谈

■ 邓小平在四川峨眉山万年寺

1 揭开改革开放序幕之实践与真理关系大讨论

　　30年前，一位特约评论员在《光明日报》上发表了一篇名为《实践是检验真理的唯一标准》的关于思想解放的文章。文章中说道："检验真理的标准只能是社会实践。""实践不仅是检验真理的标准，而且是唯一的标准。毛主席说：'真理只有一个，而究竟谁发现了真理，不依靠主观的夸张，而依靠客观的实践。只有千百万人民的革命实践，才是检验真理的尺度。'"马克思主义之所以被承认为真理，正是千百万群众长期实践证实的结果。毛主席说："马克思列宁主义之所以被称为真理，也不但在于马克思、恩格斯、列宁、斯大林等人科学地构成这些学说的时候，而且在于为尔后革命的阶级斗争和民族斗争的实践所证实的时候。""我们不仅承认实践是真理的标准，而且要从发展的观点看待实践的标准。实践是不断发展的，因此作为检验真理的标准，它既具有绝对的意义，又具有相对的意义。"

■ 1978年5月11日《光明日报》刊登《实践是检验真理的唯一标准》的文章

文章一发表，立即引起社会各界的极大反响，并对此展开了热烈的讨论。这篇文章中关于实践是检验真理的唯一标准的理论在当时"惊醒"了每一位中国人，也正是这篇文章中关于实践是检验真理唯一标准的话题揭开了改革开放的序幕。

当时，关于实践是检验真理的唯一标准的讨论，是在邓小平等老一辈无产阶级革命家的领导和支持下展开起来的。这场讨论，开了当代思想解放的先河，冲破了长期禁锢人们头脑的错误的思想观念和禁区，纠正了"两个凡是"的错误思想，为重新确立马克思主义的思想路线奠定了理论基础，为中国共产党十一届三中全会实现历史转折、我国迈向改革开放新时期做了思想和理论准备。

这些"开放"的思想带来的是中国人敢于尝试的行动，而这些行动又反过来检验着"开放"思想的正确性和可行性。在这段时期，"实践"在一点点检验和炼成"真理"，"真理"在一点点指导和推进着"实践"。因此，这场讨论不仅为1978年底召开的中国

1 1984年人民凭票购买猪肉
2 1981年，北京西单商场，黑白电视机引来许多市民艳羡的目光
3 20世纪80年代的集市

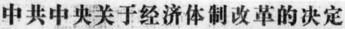

1 中共中央关于经济体制改革的决定

2 1979年设立经济特区

3 1988年提出"科学技术是第一生产力"

共产党十一届三中全会做了思想准备，也为改革开放做了思想和舆论准备，适时地拉开了改革开放的序幕。

在关于真理标准问题的讨论结束后，我们党的工作重心转移到经济建设上来了。社会主义市场经济体制的推行；开放的和平外交政策的确立；停止的高考重新恢复；科学领域也点燃了学术的火焰；喇叭裤、披肩发、高跟鞋、连衣裙大胆地出现在街头；"个体户"、"民营企业"成了新名词……

于是，不管是在决策上还是在实实在在的改革变化发展中，我们都可以看到在真理标准问题的讨论后，中国发生的翻天覆地的变化。

推动中国经济进步和社会发展的正确决策

1978年中国共产党第十一届中央委员会第三次全体会议召开；1979年设立经济特区；1982年确立家庭联产承包责任制；1984年提出有计划的商品经济；1986年启动全民所有制企业改革；1987年提出"一个中心、两个基本点"；1988年提出"科学技术是第一生产力"；1992年社会主义市场经济体制改革；2001年中国正式成为世界贸易组织成员；2007年科学发展观写入党章……

检验改革开放道路正确与否的发展成果

社会主义市场经济体制已经初步建立并不断完善；对外开放不断扩大，全方位、宽领域、多层次的对外开放格局已经形成；社会生产力得到前所未有的解放，国民经济持续快速发展；城乡居民收入大幅增长，人民生活从温饱发展到总体小康；社会事业全面进步，精神文明、政治文明建设得到长足发展；覆盖城乡的义务教育体系全面建立；城乡社会卫生服务体系不断完善；政治体制改革稳步推进，基层民主活力不断增强，与社会主义市场经济相适应的法律法规体系已基本建立。

总之，我们有理由相信我们的祖国、我们的党会在新时期、新考验面前带领全中国人民走向更加辉煌的胜利！

2 伟大的 "一国两制" 构想

"一国两制"，顾名思义是在一个国家的基础上实行两种制度。这个构想主要是针对台湾、香港、澳门的主权问题提出的。这一构想不仅是解决台湾、香港、澳门等问题的最佳方案，也是使台湾、香港、澳门三地保持长期繁荣稳定的格局。英国首相撒切尔夫人在访问中国时，曾称"一国两制"为"天才的创造，令人神往的构想"。

关于"一国两制"伟大构想的第一次提出，在中央电视台的直播节目中还有这么一段有趣的片段：

1974年，英国首相希思访问中国时，80岁高龄的毛泽东在与来访的英国首相希思的交谈过程中，谈到了关于台湾、香港、澳门等关于祖国统一的问题，毛泽东对英国首相希思说："这件事，我恐怕看不到了。"随后，毛泽东指着坐在一旁的邓小平说："这是他们的事了。"

接下来的几年里，邓小平及其他国家领导人就祖国主权问题构思着最佳解决方案。1981年9月30日，在全国人大常委会上，叶剑英委员长发表了后来被称为"叶九条"的谈话。谈话中，叶剑英委员长更详细地阐明了解决台湾问题的方针政策。叶剑英委员长表示"国家实现统一后，台湾可作为特别行政区，享有高度的自治权"，允许台湾保持现有的制度不变。并建议由两岸执政的国共两党举行对等谈判。

1982年9月，英国首相玛格丽特·撒切尔夫人第一次来华访问。在谈到祖国主权统一的问题上，经过双方洽谈，邓小平在会谈中把"一国两制"作为解决香港问题的原则确定下来。1984年12月19日，中英两国政府领导人在北京正式签署了《中英两国政府关于香港问题的联合声明》。至此，香港的主权问题得到了实质性的解决和确定。

关于一国两制的主要内容，在我国的相关政策上是这样描

1 六届全国人大常委会第八次会议通过决议，同意中英两国政府草签的关于香港问题的联合声明

2 1982年邓小平会见英国首相玛格丽特·撒切尔夫人

述的：

（1）"一个国家"，就是坚持世界上只有一个中国，台湾、香港、澳门是中国的一部分，中国的主权和领土完整不容分割，在国际上代表中国的只能有一个国际法主体。承认只有也只能有一个中国，而不能有"两个中国"或"一中一台"。这是由国家主权的不可分性和中华民族的统一性决定的，体现了我们国家和民族的最高利益，它是"一国两制"科学构想的核心，是实现祖国和平统一的政治前提和根本保证。

■ 1986年2月邓小平在成都金牛宾馆

（2）"两种制度"，即社会主义制度和资本主义制度两制并存，就是中国的主体（中国内地）坚持社会主义制度，台湾、香港、澳门保持原有的资本主义制度不变；不存在内地的社会主义吃掉台湾、香港、澳门的资本主义问题，也不存在台湾、香港、澳门的资本主义吃掉内地的社会主义问题；两种制度长期并存，和平共处，互相竞赛，互相支持，共同为国家的繁荣和民族的振兴作贡献。这是实现祖国和平统一的基本途径，也是统一后中国国家体制的重要特色。

（3）实行高度自治。祖国统一后，依法在台湾、香港、澳门设立特别行政区。特别行政区享有高度自治权，除在外交等方面服从中央外，享有包括行政管理权、立法权、司法权和终审权，保持财政独立，法定货币继续流通。在"一国两制"框架下解决台湾问题，可以实行比港澳更宽的政策：台湾可继续使用台币；继续保留军队；继续作为单独关税区；继续保持政府架构；内地不会收取一分一厘的税收，不会调取台湾一分一厘的资金；台湾人民的生活方式保持不变；台湾企业家保持原有财产；台湾人事自主，内地不派官员到台湾。

（4）实行"一国两制"长期不变。"一国两制"是我们党和国家要长期坚持的基本方针，中华人民共和国宪法和法律保障"一国两制"的长期性和稳定性，我们将依法调整各方面的关系，保证内地和特别行政区的和平、稳定和繁荣发展。

3 香港与澳门的回归

香港回归

新闻里不时传来香港繁荣昌盛的喜讯，2005年9月12日，香港迪斯尼乐园正式开幕，开启了梦幻之旅。迪斯尼乐园首次在华人社会开园，这不仅带动着香港的文化和经济发展，也证明了香港在回归祖国后的正确道路和发展方向。

香港自古以来就是中国领土。1840年英国发动鸦片战争，1841年英军强占香港岛。1842年英国强迫清政府签订《南京条约》，永久割占香港岛。后来又割占了九龙部分地区，强行租借"新界"。

1980年，中英两国就香港主权问题进行交涉。1982年6月15日，第五届全国政协主席邓小平在北京人民大会堂，同来自港澳的全国人大代表、政协委员共商关于香港问题的要事。

在本次会议上，据全国政协主席邓小平透露，已决定在1997年恢复对香港行使主权。邓小平还对香港回归后的构想做了进一步的阐述：回归祖国后的香港，仍由香港人自己管理。为确保香港平稳过渡及保持香港以后的安定繁荣，要照顾到各个有关方面，要对祖国人民有利、对香港人民有利，以至于对英方都有利。

■ 1997年7月1日零点，中华人民共和国国旗和香港特别行政区区旗在香港会展中心庄严升起

在以上政策的基础上，邓小平还提出了多个不变：社会制度不变、经济制度不变、法律基本不变、生活方式不变等。其总括的提法就是：一个国家、两种制度、港人治港、高度自治、五十年不变。

邓小平"一国两制"构想的提出，为香港回归提供了实现的可能。改革开放后，中国国力越来越强大，中国国际地位的提高为香港的回归提供了物质基础。

1984年，中英两国就香港问题签订了《中英两国政府关于香港问题的联合声明》，决定于1997年7月1日，中华人民共和国对香港恢复行使主权。

1997年7月1日，香港在中国人民的欢呼声中回到了阔别多年的祖国的怀抱。

1 四川成都天府广场庆祝香港回归的人群

2 1999年12月19日午夜至20日凌晨，中华人民共和国与葡萄牙共和国在澳门文化中心花园馆隆重举行澳门政权交接仪式

澳门回归

1553年葡萄牙人以曝晒水浸货物为理由，贿赂广东海道副使汪柏，然后就"名正言顺"地在澳门上岸居留常住。从此以后就形成了这个畸形的习惯，地方官员每年都要接受葡萄牙人500两白银的贿赂。自1572年起，葡萄牙人的贿赂银500两被广东地方官员当做"地租银"，外加15两的"火耗银"（"火耗银"是指地方官从百姓那儿征税征费，会收到大量的散碎银子，这些银子经熔化后铸成大锭时，会产生一些损耗，叫火耗。所以，京官利用手中的权力向外官伸手，外官为办事方便向京官贿赂也就成了常例）一起上交国库。这种租居关系一直持续到1849年，澳门由此变为葡萄牙人的租居地。

②

1999年，澳门回归日，庆祝澳门回归游行队伍中的舞龙表演

鸦片战争爆发后，葡萄牙政府和澳葡当局乘机尾随西方列强在澳门不断制造事端，扩大在澳门的势力范围。第二次鸦片战争后，澳葡当局不断扩大在澳门半岛的占据地界，并相继强占凼仔、路环二岛，从而基本上形成了今日的澳门区域。

1974年，葡萄牙政府宣布澳门是中国领土，只是由葡国管理的特殊地区。1976年葡萄牙新宪法将澳门视作葡国管治下的中国领土，准许内部自治。1979年中葡建交，对澳门问题达成协议，明确规定澳门为中国领土，暂由葡萄牙管理。1987年4月13日，中葡在北京正式签署《中葡联合声明》，宣布中国将于1999年12月20日对澳门恢复行使主权。

1999年12月20日，澳门政权由葡萄牙移交至中华人民共和国，澳门回到了祖国的怀抱，结束了100多年来由葡萄牙统治的历史，全国各族人民欢欣鼓舞，无比自豪。

4 构建和谐社会人人有责

　　突然停水、停电或者停气了，习惯了现代生活的都市人面对突如其来的停水、停电、停气，生活颇感不便。但是抱怨之余却悟出了深深的生活道理。

　　大家感慨着：以前用水、用电、用气都是大手大脚，不懂节约。洗完脸、洗完菜的水随手就倒了。电灯、电视、电脑一切电器都开着却并不一定用着。一到停水的时候才知道没水的日子多难过。洗漱再也没有以前方便了，生活也没以前方便了。

　　于是人们逐渐形成了节水节电的意识，就连淘了米洗了菜的水都知道攒起来，留着冲厕所、浇花。连正在上学的孩子们也懂得了水的珍贵。没人的时候会主动把一些闲置的电器关了，停水、停电虽然给城市里的一些特殊人群带来了不小的困难，但也让互助友爱精神闪亮。

　　这就是构建和谐社会在现实生活中的具体体现之一。虽然都是生活中的细小之事，但是汇集起来确是一个国家长治久安的重要因素，是构建和谐社会不可或缺的点点滴滴。

1 老年骑游队
2 早晨在花鸟市场闲暇的老年人
3 清晨在河边洗衣的妇女们

通过理论与实践的结合，构建和谐社会的特征主要可以概括成以下几点：民主法治、公平正义、诚信友爱、充满活力、安定有序、人与自然和谐相处。

民主法治就是社会主义民主得到充分发扬，依法治国基本方略得到切实落实，各方面积极因素得到广泛调动；公平正义就是社会各方面的利益关系得到妥善协调，人民内部矛盾和其他社会矛盾得到正确处理，社会公平和正义得到切实维护和实现；诚信友爱就是全社会互帮互助、诚实守信，全体人民平等友爱、融洽相处；充满活力就是能够使一切有利于社会进步的创造愿望得到尊重，创造活动得到支持，创造才能得到发挥，创造成果得到肯定；安定有序就是社会组织机制健全，社会管理完善，社会秩序良好，人民群众安居乐业，社会保持安定团结；人与自然和谐相处就是生产发展，生活富裕，生态良好。

构建社会主义和谐社会，还要遵循以下原则：必须坚持以人为本，必须坚持科学发展，必须坚持改革开放，必须坚持民主法治，必须坚持正确处理改革发展稳定的关系，必须坚持在党的领导下全社会共同建设。

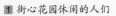

1 街心花园休闲的人们
2 赶集的人群
3 老茶馆
4 休闲喝茶的人群

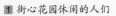

5 科学发展观写入党章

2003年10月召开的中国共产党十六届三中全会提出了科学发展观，并把它的基本内涵概括为"坚持以人为本，树立全面、协调、可持续的发展观，促进经济社会和人的全面发展"，坚持"统筹城乡发展、统筹区域发展、统筹经济社会发展、统筹人与自然和谐发展、统筹国内发展和对外开放"。

根据科学发展观的基本含义，我们可以推论出：其行为主体就是人本身，其他的一切都不可能担当。科学发展是以人的全面发展为主线的社会整体进化，它的历史意义远远超过了"满足人类生存"这一简单的基本诉求。

坚持以人为本，就是要以实现人的全面发展为目标，从人民群众的根本利益出发谋求发展。不断满足人民群众日益增长的物质文化需要，让发展的成果惠及大众。全面发展，就是以经济建设为中心，全面推进经济、政治、文化建设，实现经济发展的社会全面进步。协调发展，就是要统筹城乡发展、统筹区域发展、统筹经济社会发展、统筹人与自然和谐发展、统筹国内发展和对外开放，推进生产力和生产关系、经济基础和上层建筑相协调，推进经济、政治、文化建设的

1 2007年10月21日9时，中国共产党第十七次全国代表大会闭幕会在北京人民大会堂举行
2 科学培植香菇的育菌室
3 机械化的农场，女农机员驾驶着联合收割机
4 现代农业科技示范园种植的樱桃西红柿

各个环节各个方面相协调。可持续发展，就是要促进人与自然的和谐，实现经济发展和人口、资源、环境相协调；坚持走生产发展、生活富裕、生态良好的文明发展道路，保证一代接一代地持续发展。

在社会发展的实际情况中，近年来，中国在经济快速发展的同时，资源消耗过大、生态环境遭到破坏、贫富差距拉大等问题愈发凸显。因此，坚持科学发展观势在必行。

科学发展观，是对党的三代中央领导集体关于发展的重要思想的继承和发展，是马克思主义关于发展的世界观和方法论的集中体现，是同马克思列宁主义、毛泽东思想、邓小平理论和"三个代表"重要思想既一脉相承又与时俱进的科学理论，是我国经济社会发展的重要指导方针，是发展中国特色社会主义必须坚持和贯彻的重大战略思想。

将科学发展观写入党章，这是党的十七大对科学发展观作出的科学定位，也是党的十七大的一个重要历史贡献。中国共产党第十七次全国代表大会21日通过《中国共产党章程（修正案）》，科学发展观、中国特色社会主义道路和中国特色社会主义理论体系等马克思主义中国化的最新成果，新增入党章。

第二章　经济

引 言

经济与我们生活中的各个方面都息息相关，而目前经济的健康发展与中国改革开放的神奇力量有着不可分割的密切关系。中国的改革开放堪称人类历史上最伟大的实践。短短30年间，一个国民经济濒于崩溃的贫弱国家一跃成长为全球第四大经济体，民众生存与发展的要求更是获得了前所未有的尊重和满足，国力强盛了，民众富足了，中国的发展步伐加快了。

中国改革开放的进程，其实就是传统计划经济向现代市场经济转轨的进程。经过多年的实践，形成了全方位、多层次的开放格局，改革和开放得到了全国各族人民的拥护，改革开放是强国之路已经成为了大家的共识。

在近30年来的改革进程中，尽管中国经济发展并不平稳，但是中

1 20世纪70年代的成都
2 21世纪的成都
3 1981年，深圳。当时的交通非常落后，在深南东路与解放路交界处，常有耕牛从马路上穿过
4 2006年天津滨海新区，现代化的高架桥

国人民摸着石头过河的勇敢实践和行动，让中国终于迈过了最艰难的一段岁月，得到了世界的认可和赞誉。同时改革也取得了让人欣慰的巨大成就：经济总量在迅速扩张，经济结构在改革中趋向优化，中国居民的生活水准和消费水平得到了大幅度提升。

因此，中国改革开放以来的经济成就不仅在中国历史上而且在世界历史上都写下了辉煌的篇章。改革开放以来，中国有4亿多人摆脱了贫困的艰难境地，按照世界银行的统计，过去25年来全球脱贫所取得的成就中，大约67%的成就应归功于中国。这不仅是对中国人民的巨大贡献，也是对整个人类的巨大贡献。

经济特区的设置 (1980)

　　经济特区指的是在国内划定一定范围，在对外经济活动中采取较国内其他地区更加开放和灵活的特殊政策的特定地区。

　　就我国而言，经济特区是中国政府允许外国企业或个人以及港澳同胞、海外华侨进行投资活动并实行特殊政策的地区。在经济特区内，对外来投资者在企业设备、原材料、元器件的进口和产品出口，公司所得税的税率和减免，外汇结算和利润的汇出，土地使用，外商及其家属随员的居留和出入境手续等方面提供优惠条件。

　　从特征上讲，经济特区是我国采取特殊政策和灵活措施吸引外部资金特别是外国资金进行开发建设的特殊经济区域；从功能上讲，经济特区是我国改革开放和现代化建设的窗口、排头兵和试验

1　1984年，邓小平视察广东深圳经济特区
2　改革开放前的上海浦东
3　改革开放后的上海浦东

场。这既是对经济特区特殊政策、特殊体制、特殊发展道路的概括和总结，也是对经济特区承担的历史使命和实际作用的概括和总结。

据说最早提出"经济特区"的人是国务院原副总理习仲勋。1978年，习老到广东主持工作，当时的广东在经历了"文革"之后，百废待兴。习老到任后立即意识到，在现行经济体制下，广东难以有大的发展，调整经济的关键是政策，如果中央能给广东一些特殊政策和灵活措施，广东完全有能力把经济搞上去。

1978年11月至12月，习老参加了党的十一届三中全会，并代表广东省委汇报了广东的情况，希望中央能给广东更大的支持，比如允许广东吸收港澳华侨资金，从香港引进一批先进设备和技术，购进电力；进口部分饲料，以便把一些国营农场、畜牧场、海水养殖场等装

备起来，作为示范，培养人才，积累经验等等。习老的想法得到了中央的重视，随后，当时的国务院副总理谷牧率领一个由中央有关部委领导组成的工作组到广东，作进一步的调查研究，并帮助广东省委起草了一个文件上报中央，这个文件给特区定名为"出口特区"。7月中旬，中央作出了回应，批准了广东改革开放先走一步的方案，同意广东、福建两省在对外经济活动中，实行特殊政策和灵活措施，并在深圳和珠海两市试办"出口特区"，待取得经验后，再考虑在汕头、厦门设置。1980年3月末，谷牧又来到广州，主持成立特区的会议，会上习老将最早提出的"出口特区"名称改为"经济特区"。

1 2006年12月17日拍摄的厦门筼筜湖周边景观
（今日筼筜湖就是昔日筼筜港）
2 昔日的厦门筼筜港
3 2006年12月21日拍摄的厦门火车站及周边地带
4 昔日的厦门火车站

1 海口市龙昆沟出海口
2 龙昆沟出海口地区现在成为道路纵横、高楼林立的新市区
3 1992年12月9日拍摄的海口市长堤路
4 2008年3月21日拍摄的海口市长堤路

1980年8月26日，第五届全国人大常委会第15次会议决定，批准国务院提出的决定在广东省的深圳、珠海、汕头和福建省厦门建立经济特区。我国的经济特区有五个：深圳、珠海、厦门、汕头、海南岛。实际上现在各个省、各个市都还有自己的开发区之类的实行特殊经济政策的区域，在某种意义上也是经济特区，只不过没有正式的国家级名义而已。

我国设定经济特区的意义在于可以利用外资引进技术，提高产品质量，增强产品竞争力；可以利用外商销售渠道，适应国际市场需要和惯例，从而扩大出口，增加外汇收入；有利于引进先进技术，了解世界经济信息；有利于学习现代经营管理经验，培训管理人才；可以扩大我们走向世界的通道，开辟世界了解我国改革开放政策的窗口。

2 社会主义市场经济体制

1984年10月20日，中国共产党十二届三中全会在北京举行。会议一致通过《中共中央关于经济体制改革的决定》，决定明确提出：进一步贯彻执行对内搞活经济、对外实行开放的方针，加快以城市为重点的整个经济体制改革的步伐，是当前我国形势发展的迫切需要。改革的基本任务是建立具有中国特色的、充满生机和活力的社会主义经济体制，促进社会生产力的发展。

社会主义市场经济体制是指市场在国家宏观调控下对资源配置起基础性作用的一种经济体制，它是社会主义基本制度与市场经济的结合，既具有与其他市场经济体制的共性，又具有与其他市场经济体制不同的特征。

社会主义市场经济体制具有市场经济体制的共性，表现在：经济活动市场化；企业经营自主化；政府调节间接化；经济运行法制化。

社会主义市场经济本身的特征表现在：第一，在所有制结构上，以公有制为主体，多种所有制经济平等竞争，共同发展。第二，在分配制度上，实行以按劳分配为主体，多种分配方式并存，效率优先、兼顾公平。第三，在宏观调控的基础上，国家能够把人民的当前利益与长远利益、局部利益与整体利益结合起来，更好地发挥计划与市场两种手段的长处。

1 市场经济体制改革后热闹的集市
2 市场经济体制改革后热闹的古镇
3 传统做鞋
4 骑着三轮车卖乐器的老人
5 传统画像
6 手工制作钥匙链

改革开放以来，随着国门的打开和人们思想意识的开放；随着经济体制的进一步改革和优化；随着一浪又一浪的致富浪潮的影响和冲击，在国内兴起了一波又一波的"全民经商热"和"全民下海热"，从最初的"勤劳致富"到后来的"知识致富"，"致富光荣"成为整个社会的主流价值观。

"计划经济不等于社会主义，资本主义也有计划；市场经济不等于资本主义，社会主义也有市场。""基本路线要坚持100年不动摇。"1992年，邓小平南方谈话发表，温州民众自发走上街头燃放鞭炮，表达着内心的喜悦。同年，国务院批准设立温州经济技术开发区。温州进入了全民创业的高峰期。

　　人们用"每一寸土地都有铜板在跳动，每一根发丝都有商业思维在跃动"来形容温州民间的强大创造力。"一旦充分挖掘出潜在的民间力量，即便是落后的地区，也能够在短时间内迅速发展。"有人作过这样测算，改革开放30年，如果全球经济前进一步，中国经济就前进三步，温州经济则前进了六步。

1️⃣ 手工制作鸡毛毽
2️⃣ 路边的小吃摊
3️⃣ 走街串巷的磨刀人

3 中国加入世贸组织

　　世界贸易组织（World Trade Organization），简称WTO，成立于
1995年1月1日，总部设在日内瓦。其宗旨是促进经济和贸易发展，
以提高生活水平、保证充分就业、保障实际收入和有效需求的增长；
根据可持续发展的目标合理利用世界资源、扩大货物和服务的生产；
达成互惠互利的协议，大幅度削减和取消关税及其他贸易壁垒并消除
国际贸易中的歧视待遇。

　　在中国，有一个新词，叫"双赢"。这个新词证明了中国人传统、
惯性的"非赢即输"的思维，随着改革开放的进一步深入而发生了历
史性的转变。新词的创造和得以存在，证明了中国加入WTO的可行
性和重要性。

■ 2001年11月11日，时任中国外经贸部部长石广生在卡塔尔首都多哈举行的
　中国加入世贸组织议定书签字仪式上举杯庆贺

2001年11月10日，对中国来说是值得欢庆的一个大喜日子，在卡塔尔多哈举行的世界贸易组织（WTO）第四届部长级会议，通过了中国加入世贸组织的法律文件，它标志着中国在经过艰苦努力后，终于成为世贸组织新成员。世贸组织总干事穆尔诚恳地对新华社记者说："中国入世，是我一生最荣耀的时刻。"

在中国的经济分析中，有这么一段总结：2002年，我国有望成为世界吸收外商直接投资最多的国家。从1月至10月，我国吸收外资取得重要进展，新批设立外商投资企业27630家，同比增长35%，实际使用外资金额447亿美元，增长20%，预计全年实际使用外资金额将超过500亿美元。

而这一段对中国2002年的经济总结，其最大受益点在于我国正式加入世贸组织后国民经济各领域发生了重大变化。中国付出的巨大努力和取得的成绩有目共睹，在WTO成员中获得了普遍赞赏。

WTO前任总干事穆尔明确表示，虽然中国加入WTO后要承担的责任与义务非常繁重，但中国很好地履行了自己的承诺，是一个负责任的成员。WTO现任总干事素帕猜同样认为，中国加入WTO后作出了很大的努力，中国至今所做

的一切符合加入WTO承诺。世界著名的管理顾问科尔尼公司公布的调查显示，中国首次超过美国成为世界最有吸引力的外国直接投资目的地。《财富》周刊不久前公布的调查表明，92％以上的跨国公司若干年内将考虑在中国设立地区总部。

　　中国成功加入世贸组织后，各个行业都发生了渐进式的变化。对于跨国公司在行业选择上出现了大幅度的决策转变，它们开始从竞争性领域进入垄断或准垄断领域。比如获得最大成功的是众所周知的生产饮料的可口可乐和生产洗发水的宝洁。对于跨国公司的金融性投资也在以往的基础上大大增加。中国加入WTO之后，各大跨国金融机构明显加快了对中国的业务布局，如汇丰、花旗、友邦、渣打等银行相继把地区总部从新加坡或中国香港迁到了上海。很多跨国企业的独资化趋势也越来越明显，如生产手机的美国摩托罗拉公司。

　　中国加入世界贸易组织后，认真地履行了对世界贸易组织的承诺，向世界诚恳地敞开了胸怀，在"两个市场、两种资源"的合理利用上，以改革开放的伟大设想促进中国的快步、稳定发展，开创了中国的新格局。从而取得了在对外贸易位居世界第三，吸收外资名列世界第二，外汇储备达到世界第一的好成绩。

1 英特尔在中国的科技园区
2 摩托罗拉（中国）电子有限公司厂区

4 三峡工程议案（1992）

　　伟大的三峡工程，让中华民族付诸了70余年的构想、勘测、设计、研究和论证。1992年4月3日，第七届全国人民代表大会第五次会议在1767票赞成、177票反对、664票弃权、25人未按表决器的表决中审议并通过了《关于兴建长江三峡工程决议》。决定批准将兴建长江三峡工程列入国民经济和社会发展十年规划，由国务院根据国民经济发展实际情况和国家财力、物力的可能性，选择适当时机组织实施，对已发现的问题要

1 邓小平视察长江三峡
2 邓小平视察长江三峡途中，听取两岸建设情况汇报

继续研究，妥善解决。从此，三峡工程由论证阶段走向了实施阶段。1994年12月14日，三峡工程正式开工。

三峡工程是中国也是世界上最大的水利枢纽工程，是治理和开发长江的关键性骨干工程。三峡工程水库正常蓄水位175米，总库容393亿立方米；水库全长600余公里，平均宽度1.1公里；水库面积1084平方公里。它具有防洪、发电、航运等综合效益。

兴建三峡工程的首要目标是防洪。由于其地理位置优越，可有效地控制长江上游洪水，并可为洞庭湖区的治理创造条件。

三峡水电站总装机容量1820万千瓦，年平均发电量846.8亿千瓦时。它将为经济发达、能源不足的华东、华中和华南地区提供可靠、廉价、清洁的可再生能源，对经济发展和减少环境污染起到重大的作用。

三峡水库将显著改善宜昌至重庆660公里的长江航道，万吨级船队可直达重庆港。航道单向年通过能力可由现在的约1000万吨提高到5000万吨，运输成本可降低35%～37%。

据测算，三峡库区淹没区最终移民人口将达到120余万。世界银行一位代表说，对于任何国家，这都是一道世界级的难题，而三峡移民却移出了一片新天地。

1 昔日长江三峡
2 昔日奉节白帝城
3 大宁河上的纤夫
4 昔日长江三峡

① 2003年，长江三峡大坝全面建成
② 2003年，长江三峡大坝夜景

　　三峡大移民，绝不是百万人口的简单重组。它所引发的巨大社会变迁，绝不亚于三峡自然景观的沧海桑田变化。三峡大移民，是一部雄浑的史诗。古老三峡的十年巨变，向世人证明：中国人不仅能修建世界一流的水利工程，还能够实施世界上难度最大的水利移民工程。

5 青藏铁路通车

　　铁路，是一个国家发展水平的重要指标。青藏铁路的开通不仅标志着中国的发展水平，也改写了"出国容易进藏难"的历史，由于跨越了世界上最高的高原，这条铁路也被人们称作"天路"。其全线开通必将在铁路的建设史上、在西藏的发展史上、在中国改革开放的建设史上留下辉煌的一笔。

　　青藏铁路由青海省西宁市至西藏自治区拉萨市，全长1956公里。其中，西宁至格尔木段长814公里，1979年建成铺通，1984年投入运营。格尔木至拉萨段，自青海省格尔木市起，沿青藏公路南行至西藏自治区首府拉萨市，全长1142公里，其中新建1110公里，格尔木至南山口既有线改造32公里。

　　青藏铁路于2001年6月29日开工，2005年10月15日全线贯通。首趟"青1"次进藏旅客列车2006年7月1日上午9时从青海省格尔木火车站始发，前往西藏自治区拉萨市。这是第一列发往拉萨的旅客列车，标志着青藏铁路开始全线通车运行。

　　建设青藏铁路是党中央、国务院作出的战略决策，是西部大开发的标志性工程，对加快青藏两省区的经济、社会发展，增进民族团结，造福各族人民，具有重要意义。

　　首先，青藏铁路将推动西藏旅游业快速发展。西藏有着其独特的自然风景，是西藏旅游业的一大卖点。青藏铁路降低了到西藏的旅游成本，这将拉动西藏旅游业的快速发展。

1 2006年7月1日，青藏铁路通车庆典在青海格尔木火车站南广场举行

2 2007年3月13日，青藏铁路上的列车

其次，青藏铁路的贯通将拉近西藏与内地的交流，进而促进西藏经济发展。

再次，青藏铁路的开通将进一步拓宽当地群众就业门路，提供更多的就业岗位，增加当地农牧民群众收入。青藏铁路开通，西藏将会涌现更多的服务行业，且对西藏具有特色的牦牛、青稞、油菜等农牧业发展提供保障，形成规模效应。农牧业的发展必将需要大量的劳动力资源，这就间接地增加了当地农牧民群众的收入。

最后，青藏铁路的开通降低了西藏经济的运输成本，使货

物进出更加便利，活跃了西藏经济，更加强了西藏与内地城市的经济交流。

　　另外，青藏铁路及其延伸线的修建，还将带动和吸引青海、甘肃、四川、云南、新疆等西部省区与南亚地区经济贸易的发展，加强与南亚地区的经济合作，大力发展对外贸易。

1 神奇的布达拉宫
2 西藏寺庙
3 西藏八角街的藏族小饭馆

6 西部大开发战略

1 1980年，邓小平视察成都都江堰水利工程

2 1980年7月，邓小平在成都杜甫草堂题词

在祖国版图上，东西部地区就如一只"雄鸡"的双翼一样，呈现出展翅高飞的雄心壮志。改革开放以来，在国家特殊政策及照顾下，东部沿海地区振翅先飞，经济发展速度之快让人惊叹。相对东部而言，西部这一"翼"还没有展开翅膀。世纪之交，历史的机遇终于降临到备受关注的西部。

曾经有过辉煌历史的西部地区，在新中国三代领导人的战略决策中，都占据着重要的位置。西部大开发已经不是一个区域性开发计划，而是21世纪振兴中华民族的大战略。有专家预言，这将成为中国经济发展史上的一个重要里程碑。为了促进社会经济全面协调发展，中国政府将继续坚定不移地实施西部大开发，以提高西部地区的经济和社会发展水平、巩固国防，以确保西部近4亿人民过上富裕生活。

20世纪80年代，在我国改革开放和现代化建设全面展开以后，邓小平同志提出了"要顾全两个大局"的地区发展战略构想。一个大局是沿海地区加快对外开放，较快地先发展起来，内地要顾全这个大局。另一个大局是，当发展到一定时期，即到20世纪末全国达到小康水平时，全国就要拿出更多力量帮助中西部发展，东部沿海地区也要服从这个大局。

　　1999年3月22日，《国务院关于进一步推进西部大开发的若干意见》提出了进一步推进西部大开发的十条意见。西部大开发战略的提出和实施，有利于培育全国统一市场，完善社会主义市场经济体制；有利于推动经济结构的战略性调整，促进地区经济协调发展；有利于扩大国内需求，为国民经济增长提供广阔的发展空间和持久的推动力量；有利于改善全国的生态状况，为中华民族的生存和发展创造更好的环境；有利于进一步扩大对外开放，用好国内外两个市场、两种资源，具有重大的经济、社会和政治意义。

1 四川阿坝桃坪羌寨碉楼
2 四川阿坝桃坪羌寨民居
3 四川成都市春熙路夜景

　　1999年6月17日，时任中共中央总书记的江泽民同志在西北五省区国有企业改革发展座谈会上强调，要"抓住世纪之交历史机遇，加快西部地区开发步伐"。

　　新千年伊始，西部大开发的鼙鼓在神州大地擂响。2000年1月，国务院成立了西部地区开发领导小组。由国务院总理朱镕基担任组长，副总理温家宝担任副组长。经过全国人民代表大会审议通过之后于2000年3月正式开始运作。包括四个主要项目：西电东送、西气东输、南水北调、青藏铁路。西部大开发的地区包括：内蒙古、陕西、宁夏、甘肃、新疆、青海、西藏、重庆、四川、贵州、云南、广西。

1 西藏寺庙
2 四川亚丁
3 四川若尔盖湿地

　　实施西部大开发战略，是深入贯彻"三个代表"重要思想的伟大实践，是全面建设小康社会、确保现代化建设第三步战略目标胜利实现的重大部署，是促进各民族共同发展和富裕的重要举措，是保障边疆巩固和国家安全的必要措施，关系全国经济社会发展的大局。

7 国有企业改革取得重大进展

国有企业是指企业全部资产归国家所有，并按《中华人民共和国企业法人登记管理条例》规定登记注册的非公司制的经济组织。不包括有限责任公司中的国有独资公司。资产的投入主体是国有资产管理部门的，就是国有企业。

众所周知，在全国改革浪潮中，国企改革是我国改革中的中心环节。党中央国务院采取了一系列重大政策措施，推动了国有企业创新体制，转换机制，减轻负担，增强活力，为国有企业发展打下了良好基础。

1997年党的"十五大"提出：现阶段我国经济体制改革的中心是国有经济的战略性调整和国有企业的战略性改组。我国经济体制改革中面临的最大难题就是国有企业改革问题。改革开放以来，国有企业改革的历程从大的阶段讲，先后经历了以下四个阶段：

■ 1980年7月，邓小平到成都飞机工业公司视察，向职工挥手致意

从1979年到1986年属于"放权、让利"阶段。主要是从行政管理体系改革入手，围绕着扩大企业经营管理自主权进行的松绑、放权、让利。

从1987到1993年是完善经济责任制时期。中国共产党十二届三中全会后，城市经济改革成为重点，从1986年12月国务院颁布《深化企业改革、增强企业活力的若干规定》，提出围绕企业经营机制转换来深化企业改革的思路开始，从试点城市到全国范围的股份制、资产经营责任制、承包制。1988年8月1日实行《企业法》。承包制和租赁制、企业自主权、厂长负责制，政企关系也以法律方式得到确定。

从1994到1997年，是企业制度创新时期。1993年11月党的十四届三中全会通过《建立社会主义市场经济体制若干问题的决定》，正式提出围绕"建立现代企业制度"来"解决深层次矛盾，着力进行企业制度的创新"的问题。

1998年开始，国有企业进入了战略性改组时期。1997年9月，"十五大"提出"着眼于搞好整个国有经济，抓好大的、放活小的，对国有企业实行战略性改组"。

国有企业的改革有着极其重要的意义：调动了工人生产的积极性，增加了企业的活力，推动了国民经济快速发展。

1 牛奶生产车间流水线
2 丝绸生产车间

8 民营企业脱颖而出

民营企业的概念在经济学界有两种看法。一种看法是民营企业是民间私人投资、民间私人经营、民间私人享受投资收益、民间私人承担经营风险的法人经济实体。另一种看法是指相对国营而言的企业，按照其实行的所有制形式不同，可分为国有民营和私有民营两种类型。实行国有民营企业的产权归国家所有，租赁者按市场经济的要求自筹资金、自主经营、自负盈亏、自担风险。私有民营是指个体企业和私营企业。

2008年3月3日，全国政协十一届一次会议在人民大会堂举行，预备会议的会场外，一位来自香港《东方日报》的摄影记者看着刚从大巴下来进入会场的委员们，颇有感触地说："往年是官员多，现在是老总多。"

的确，参加本届两会的2237名政协委员、2987名人大代表中，来自企业界的人士比例大幅提升，而来自民营经济的老总们则一年比一年多，形成了本届两会的一道特殊风景线。

民营企业家的日益增多不仅仅体现在两会的代表上，在其他领域中，民营经济也是中国经济和社会发展中最有活力的风景。改革开放30年来，民营经济对中国社会经济持续、稳定和健康发展作出了巨大的贡献，早已成为推动我国经济发展的重要力量之一。

1 邓小平在农家调查
2 邓小平与成都飞机公司车间干部亲切交谈

1 1993年12月，浙江，工厂内抽蚕丝的女工
2 江山皮件厂是市属集体所有制企业
3 制药厂

"据我所知，好多省市的民营经济已经占据甚至超过了当地经济的半壁江山，民营经济在当地发挥的作用越来越大。"全国政协委员、中国经济社会理事会常务理事、全国工商联纺织服装业商会会长、香港经纬集团董事局主席陈经纬说。

在改革开放的列车上，有一群人，充分利用"天时、地利、人和"，创造了中国经济发展的新模式，他们就是闻名全国的浙商。

80年代中期，关于邓小平"思想要解放一点，胆子要大一点，步子要快一点"的讲话迅速传遍了大江南北，浙江台州人李书福也受到了鼓舞。1986年11月6日，仅有200元创业资金的李书福成立了浙江黄岩电冰箱厂，作为当时民营经济的一分子融入了改革开放的历史洪流，开始了创业之路。

"民营经济是改革开放的产物，甚至可以说，我们吉利就是改革开放的产物。没有改革开放的大潮，就没有中国的民营经济，就没有中国的民营企业，肯定就没有中国的吉利。"靠200元起家的浙商代表、全国政协委员、浙江吉利控股集团有限公司董事长李书福说。

回顾李书福和他的吉利集团的发展史，可以说是一部改革开放30周年民营企业发展史的见证。

9 炒股风潮

股票是股份有限公司在筹集资本时向出资人发行的股份凭证，代表着其持有者（即股东）对股份公司的所有权。股票是对公司收益和资产的索取权。

新中国最早发行股票是在20世纪80年代中期，1984年北京的天桥百货股份有限公司正式成为中国的第一家股份制企业。随后，上海的飞乐公司、深圳的宝安公司相继发行了股票。1988年前后在上海和深圳出现了地区性的股票交易，1990年12月后上海证券交易所、深圳证券交易所相继宣布开业，拉开了中国股票交易的序幕。1992年，中国证券监督管理委员会正式成立，从而使中国的股票交易逐渐走上了正规化和法制化的轨道。中国人民开始了股票生涯。

2007年，是值得纪念的一年。股市超越了大部分人的想象力，几乎所有的纪录都被改写。"你炒股了吗？你在股市开户了吗？你买的什么股票？"成了人们流行的问候语之一。各大媒体有关群众排队入市炒股、买基金的新闻络绎不绝。身边有越来越多的人开始炒股。不管是学生还是老人，不管是男人还是女人，他们可以没有专业的知识，也可以没有很多的资金，但是他们有着一腔炒股的热情。他们可以一边吃饭一边炒股；他们在任何地方都可以互相交流着炒股经验，随时随地都在关注着股市的行情；今天买了哪只股，又挣了多少钱。人们在一切表象面前总是喜欢跟风，并且2007年的牛市确实不得不让人心动，而后快速地行动。更多的人被这种财富示范效应吸引着，扎进证券市场的欲望在心里怦怦直跳。伴随着"我的股票、基金都翻番了"的兴奋声音，市民多年不变的理财观受到前所未有的冲击。

1 1984年7月25日中国第一家股份制企业成立

2 20世纪末，深圳市民排队抢购股票

3 上海证交所开业

■ 1999年，上海证券交易中心

　　"尽管今年已经五度加息，可每天的存款业务却越办越少。"这是全国各地各银行窗口工作人员的普遍感受。这些钱多数都流向了股票、基金市场。在这取钱的队伍中，记者惊讶地发现了众多储蓄和国债的忠实拥趸——老年人。"股市的影响已经渗透各个行业、各种人群。以往在大家印象中，买基金的一般都是白领，不过现在上至花甲老人，下至学生都参与其中。"业内人士认为，炒股、买基金已经成为目前市民最主要的理财方式。

　　炒股风潮来袭，喜的是中国改革开放30年来，人们的理财观念发生了翻天覆地的变化，忧的是人们的盲目跟风必将带来不可预计的后果。股市有风险、投资需谨慎的良言希望能引起诸多跟风者的警惕。

10 农村联产承包责任制

联产承包责任制，是中国农村集体经济组织实行的由生产任务承担者对其生产成果负责并按产量或产值计算劳动报酬的一种生产责任制。在承包形式上有两种：一种是包产到户。以土地等主要生产资料公有制为前提，以户为单位承包，包工、包产、包费用。按合同规定在限定的生产费用范围内完成一定的生产任务，实现承包合同指标受奖，达不到承包指标受罚。另一种是包干到户，又称大包干。承包合同中不规定生产费用限额和产量指标，由承包者自行安排生产活动，产品除向国家交纳农业税、向集体交纳公共提留以外，完全归承包者所有。即"交够国家的，

1 四川农民利用当地丰富的竹子资源，编织竹筐
2 家庭制面作坊

2

留够集体的，剩下都是自己的"。联产承包责任制在承包内容上也有两种：一是土地承包。即在不改变土地集体所有制的前提下，按照农户人口、劳动力数量，将土地分给农户自主经营。二是专业承包。即在生产队统一管理下，将集体所有的农、林、牧、副、渔、工、商各业的生产过程承包到户或承包到组，由户或组自主经营。联产承包生产责任制扩大了农民的自主权，调动了农民的生产积极性，发挥了小规模经营的长处，促进了农业生产的发展。

十一届三中全会以后，农村经济体制改革是农村最深刻的变化。在全国农村改革中，以安徽省和四川省带头先走一步，对全国起了示范和推动作用。

在20世纪70年代末的某个夜晚。安徽凤阳小岗村18名农民在一份包产到户"生死契约"上按下了指印。这一按，为中国的农村改革方向提供了最具说服力的路标。

"农村政策放宽以后，一些适宜搞包产到户的地方搞了包产到户，效果很好，变化很快。安徽肥西县绝大多数生产队搞了包产到户，增产幅度

很大。'凤阳花鼓'中唱的那个凤阳县,绝大多数生产队搞了大包干,也是一年翻身,改变面貌。有的同志担心,这样搞会不会影响集体经济。我看这种担心是不必要的。我们总的方向是发展集体经济。"1980年5月31日,邓小平对安徽凤阳县小岗生产队18户农民秘密地搞包产到户表示了首肯。

1978年~1988年,是农村改革的黄金十年。农民的自发改革转向国家自上而下推动的大型改革;农村发生巨变,农民生活水平日益提高。

改革开放30年了,提起1978年悄然兴起的农村家庭联产承包责任制,经历了那个年代的人们仍感到振奋。"包产到户"制度的推行,一举打破了平均主义"大锅饭"的生产局面,大大激发了农民的劳动生产积极性。粮食的增幅达到新中国成立以来的最高,农民的收入亦因而得到大幅度提升,农村旧貌换新颜。可以这么说,正是这项好政策,让许多农民走上了脱贫致富的康庄大道。

家庭联产承包责任制是中国农民的伟大创造,是农村经济体制改革的产物。党的十一届三中全会以后,在党中央的积极支持和大力倡导下,家庭联产承包责任制逐步在全国推开,到1983年初,全国农村已有93%的生产队实行了这种责任制。家庭联产承包责任制的实行取消了人民公社,又没有走土地私有化的道路,而是实行家庭联产承包为主,统分结合,双层经营,既发挥了集体统一经营的优越性,又调动了农民生产积极性,是适应我国农业特点和当前农村生产力发展水平以及管理水平的一种较好的经济形式。

随着农村经济体制改革，在农村兴起了乡镇企业，十二届三中全会以后，党采取了大力发展乡镇企业的措施，到1987年，全国乡镇企业产值占农村社会总产值的50.4%，第一次超过了农业总产值。乡镇企业成为我国农村经济体制改革中与家庭联产承包责任制相提并论的成果。

1 石榴基地
2 花卉基地
3 包产到户的农田

第三章　民生

引 言

很多东西都是可以通过时间来度量的，比如国家、民族、城市、个人、事物、记忆等。稍纵即逝的时间，像一部多旋律的历史回忆曲一样，深深地埋藏在记忆的深层。一分钟，一个月，一年甚至一个世纪的更替，世间万物都会伴随着时间的更替而时刻变化着，但又在时间的沉淀中让我们感受到过去的纹理。

我们不得不用时间作为度量改革的一把尺，度量我们国家、民族、城市、个人甚至一个小小事物的时代变迁。我们在时间的记忆里充满回望的好奇，30年会给一个民族、一个国家甚至全世界带来什么样的变化？30年，在中国的民生领域又会拥有怎样的时代记忆？

■ 生机勃勃的村庄

将时间之尺放在中国的民生领域，我们撒开放大镜，同样可以在每分每秒、每时每刻的尺度上找到中国30年来的巨大变化。人民生活所必需的衣、食、住、行、医疗、娱乐等，改革开放30年来发生了巨大的变化。国民生产总值的提高，人均GDP的增加，由量变到质变，这些数字，述说了我国经济建设的辉煌业绩。这些数字离我们很近也很远。新闻里时刻都在关注着新农村日新月异的变化，农民们盖了新房，买了电器，用上了新式通讯工具，出现了移动村、数码村，收入在增多，生活水平在提高，人民安居乐业的真实写照如此华丽地呈现在我们眼前。

而我们最直观的感受是从我们身边衣、食、住、行、娱等几个方面真切地感受到民生的变化，从细微处体会改革开放30年来的辉煌成就。从衣着上来说，服装是一种记忆，也是一幅穿上身的历史画卷，它的变化以非文本的方式记录着社会政治、经济及文化的变化。而在"食"的问题上，《汉书·郦食其传》里曾这样说道："王者以民为天，而民以食为天。"只有吃得好了，人们才能安居乐业，才能和谐生活。这就是一粒米里看世界，两根箸间话国情了。从老百姓日益丰盛的"菜篮子"里，从普通家庭的餐桌上，处处都能看到中国人民饮食文化的发展，它让我们惊喜，让我们感叹。那么，安定的住所、便利的交通、稳定的社会和医疗保障、赏心悦目的休闲娱乐等等更是为人们的生活锦上添花。

1 和谐的古镇
2 端午节的龙舟赛
3 大宁河沿岸的民居

1 服装也是一种记忆

各种服装品牌的广告布满了公交车身、时尚杂志、电视广告等媒体；明星们用他们特殊的身份代言，引领着服装的时尚潮流。

时下，大街小巷的人们都穿着各种流行的品牌服装，就连提着菜篮子的老大爷和老大娘也穿着永不落伍的牛仔裤。他们说时下流行这个，颜色和款式多得看不过来，以前的裤子就是直直的裤脚，没有其他的款式，衣服也一样，大小合适就对了，现在的变化真大啊，款式和花样让人眼花缭乱。

想想那个时代，衣物只是御寒和遮羞的载体而已。而现在成了标榜个性和标志身份的标签。是啊，变化真大！回顾过去：改革开放以前"新三年，旧三年，缝缝补补又三年"的辛酸境况已经离我们很远了，80年代的时尚喇叭裤、健美裤、连衣裙；90年代的哈日、哈韩潮流风；21世纪的旗袍、唐装、异域风情彰显着个性，服装领域的变化在改革开放30年里被演绎得淋漓尽致，我们回望过去，每个年代都经历了翻天覆地的变化。

80年代喇叭裤和健美裤的兴起

20世纪70年代年末80年代初，是中国推行改革开放的初期。在很多人看来，中国服饰发展的春天与中国人时尚观念的复苏和变化都萌芽于此。人们开始身着大喇叭裤、健美裤，还有蝙蝠衫和连衣裙。随着中国经济不断对外开放，西方文化和港台时尚潮流迅速进入内地，向年青一代传递着最新的潮流信息。而这样的变化，直接体现在80年代。那时，人们在衣着上发生了观念性的变化，衣服再也不仅仅是御寒和遮羞的东西，逐渐转变成一种追求美的象征。如果谁穿一条喇叭裤或者是连衣裙出现在大众的视野里，她的回头率丝毫不亚于明星。

1 20世纪70年代，一群刚刚毕业走上工作岗位的大学生，都穿着那个时代流行的蓝色服装

2 20世纪70年代的中国空姐

3 20世纪80年代流行的喇叭裤

4 20世纪80年代的流行服装

5 20世纪80年代的服装

90年代的跟风潮流

在时尚界有这么一句话，大意是这样的：假如，昨天在米兰或巴黎时装会上发布的一种时装款式，如果今天出现在北京或上海一位女性的身上，你千万不用奇怪。

这说明了什么问题？说明了90年代是一个跟随潮流的时代，说明了中国服装已经实现了与世界潮流的同步。说明了对名牌和品牌的崇拜成为人们品位提升的表现，追求名牌已经成为人们追求美好生活的目标。

90年代，在青少年队伍里的哈日族、哈韩族形成了一股强势的风潮，大街小巷都是身着日式服装和韩式服装的青少年时尚代表人群。他们出门玩滑板，穿HIP－HOP的服饰，扎着色彩各异的头巾，穿着松糕鞋和有短流苏的裙子，他们哼着时下最流行的歌曲，总是走在时尚的最前沿。

在大街上，你还可以看见，就算是天寒地冻的严冬季节，爱美的女性也照样穿着裙子婀娜多姿地出现在你的视线中，因为现代生活的优越条件，足以使爱美女性将裙装主义进行到底，而不管季节的更替，她们尽己所能地将自己的曲线身材和美丽展现在大家的面前。

21世纪是一个彰显个性的年代

　　八卦媒体上经常会报道某某明星和某某明星又撞衫了，她们都穿着同样的款式和颜色的服装出席某会议、某颁奖典礼等等，撞衫问题是此时明星们的热门话题和禁忌，她们喜欢与众不同，喜欢独一无二，喜欢绝版，喜欢量身订制。因为这是她们彰显个性和身份独特的方式之一。

　　回到离我们很近的现实生活中，穿出个性也是众多中国人对服装诉求的最高境界。李安的一部《花样年华》配合张曼玉在片中展示的数十款旗袍和倾国倾城的形象，将旗袍这种典型的代表中国文化的服装呈现得淋漓尽致，旗袍的曲线魅力感染了每一位爱美的女性，就在那时，很多女性的衣柜里多了几件旗袍，旗袍热瞬间走俏全球，连生活在中国的外国朋友也爱上这种独具中国文化的服饰。在2001年的上海APEC峰会上，20位各国领导人集体亮相，他们虽然来自不同的国家，但是他们穿的都是中式对襟唐装，经典的大红色或宝蓝色，至此唐装迅速流行。复古是传统和时尚的高度结合。大街上的帅哥靓女们

跟着潮流走，他们用麻的、丝的、缎的中式衣服，按照他们自己的标准搭配，而后就是个性。他们追求的是一种真实，一种精致，一种对生活的享受。

还有很多关于服装的话题不能一一回顾，改革开放30年来，那些渐渐消失的服饰词语，记录着一个一去不复返的时代。今天当我们重新回忆它们，除了怀念和亲切，还有不尽的感慨：是改革开放给我们带来了今天的好生活，是改革开放让我们衣食无忧。

1 20世纪80年代的服装
2 '99巴黎·中国文化周的压轴戏——中华服饰文化展演在巴黎
　联合国教科文组织总部举行。这是展示的现代时装旗袍
3 20世纪90年代的服装
4 在青岛八大关景区，一位时尚的女孩在摆造型拍照
5 时尚美女
6 2008年模特展示会

2 健康饮食新生活

1 粮票，难以忘记的凭票吃粮的那个年代
2 家庭生活
3 北京，街边的爆米花摊档
4 "哈根达斯"冰淇淋专卖店
5 肯德基快餐
6 意大利比萨

　　每每到家人聚会或者春节团年的时候，家里的长辈们望着一桌的饕餮盛宴总会发出由衷的感叹：我们那会儿，过春节最好的时候也就是一点猪肉、一条鱼，一大家子人全看着这点儿东西。那时候一年到头也吃不上肉，只有等到过年才吃上一点儿。到90年代生活就好多了，每到过年都能买上一二十斤猪肉，鸡鸭鱼也都有了。现在更不用说了，啥时都能吃到。想当初，80年代初那会儿买东西还凭票，过年的时候只能买点猪肉、豆制品，还有大白菜。到了90年代，情况就不同了，票证不用了，鱼肉蛋禽也越来越丰富。不管什么时候，想吃什么就能吃到什么，连季节都不用考虑，而且还能吃到很多国外的新奇东西，生活好起来了。

　　更重要的是，现在大多数人都很注重健康饮食了。注意各种食物的合理搭配，逐步倾向于健康饮食生活。家里各种名目的营养品、保健品等，处处体现着改革开放以来人民生活水平的提高。但是每个时代出现的新奇食物和饮食观念还是让人充满回忆和怀念。

80年代　从温饱走向小康

　　80年代，是中国改革开放初期，这个时代，是中国从温饱迈向小康的时代，人们餐桌上"逐渐"呈现出前所未有的丰盛。80年代后期，粗粮食品逐渐从老百姓的餐桌上淡出，细粮成为餐桌上的主角，市场上出现了各种名目的精致米粮。同时，外国的快餐如麦当劳、肯德基、西餐及各种营养品、保健品也进入中国市场。人们的饮食逐渐丰富起来，吃的名目和花样也开始多起来。

　　不过在这之前可是一个物质严重缺乏的时代，那时候吃不饱穿不暖，买东西还要票，什么布票、粮票、油票……那个时候只是希望吃饱穿暖。那个时候小朋友们吃的爆米花是一个老头扛着一口葫芦一样的黑锅，在火上转着葫芦锅，二十多分钟后，只听见"轰"的一声，米就变成白白的爆米花，小朋友们捂着耳朵围过去捡起地上散落的米花，一脸幸福和神奇。而现在的爆米花，工序非常简单，现烘现卖，花样百出，味道、颜色应有尽有。那时只有2分钱一根的冰棍，现在有各种可乐，有"和路雪"，有"哈根达斯"……

90年代　奢侈的饕餮盛宴

　　到了90年代，中国大部分人逐渐富裕起来，随着改革开放的不断深入，法国大餐、意大利比萨、日本料理、韩国烧烤等纷纷进入中国，这些洋餐成为年轻人聚会的好去处。鲍鱼、海参、翅肚开始出现在人们面

1 家常菜
2 美味佳肴
3 农家宴

前。这个时代，无论走到何方，各种档次和风味的餐厅与酒吧、休闲场所随处可见。随之而来也出现了不好的结果。不良的饮食习惯和太过丰盛的食物导致心血管疾病、肿瘤、糖尿病、肥胖症等持续攀升，于是，人们开始大规模地减肥和注意健康饮食了。

21世纪　吃得精彩还要吃得健康

21世纪，是呼应健康主题的时代，蔬菜要吃无公害、新鲜的，粮食要吃当年的，鸡鸭要吃鲜杀的，鱼要吃欢蹦乱跳的。人们的目光越来越多地落在新鲜、健康、自然等观念上。什么食品有营养，什么食品能防衰老，什么食品能抗癌症，什么食品搭配能够保持身体的酸碱度平衡，什么食品能维持生命健康成长，那么它就是人们菜篮子和餐桌上的常客。中国人的健康观念在21世纪的初期，迈上了一个崭新的台阶，他们对下一代的健康培养观念更是深入人心，很多家长为了能让孩子吃上新鲜健康的食物，可以驱车几十里去买，如果遇上孩子参加什么考试，恨不得整个心思都放在为孩子的一日三餐和健康营养上面，像生命一号、脑白金、三勒浆等保健品、营养品更是堆满了案几，定时定量定餐规定得一丝不苟，健康的饮食观念在这一刻体现得淋漓尽致。

3 厅室厨卫一应俱全

　　唐代著名大诗人杜甫曾在诗中写到："安得广厦千万间，大庇天下寒士俱欢颜。"这首诗反映了当时平民老百姓对住房的渴求以及当时老百姓的生活状况。而今天，住房仍然是世人所努力追求的生活必需品。

　　回顾历史，改革开放前的茅草泥坯房、平房、筒子楼，改革开放后的单元楼，再到厅室厨卫一应俱全的小套房，随后是跨入21世纪的小高层、复式住宅、跃层、别墅……人民的住宿条件逐渐变好，人们对住房的要求和心态也发生了很大的变化。

　　改革开放前，很多老百姓都没有房子住，或者是一家几口挤在一个几平方米的小陋室里，那时，看着欲将倒塌或者不能遮风避雨的房顶和墙壁，老百姓的心里充满了忧虑。改革开放后，人民生活水平逐渐提高了，单元楼逐渐出现在人们的视野里，大家都期望着自己也能拥有一套属于自己的房子。

■ 70年代的重庆

　　现在，几乎每户人家都拥有厅室厨卫一应俱全的小套房，尽管不能和皇宫、别墅相比，但是却有麻雀虽小、五脏俱全的温馨，连几岁的小孩都能拥有一间属于自己的儿童房。住在温馨的家园里，我们感受着中国改革开放30年以来，中国人民的住宿条件一天比一天好，回顾过去，我们无比幸福。

八九十年代
大多数人家开始拥有自己的房子

　　改革开放以前，住房条件极其恶劣，很多人家都是家徒四壁，墙壁是泥坯墙，经过几代人的历史已经呈现欲将倒塌之状、房顶大多是用茅草搭建，遇上大风大雨根本不能遮风避雨，条件

1 20世纪70年代的民居
2 21世纪的城市建筑

稍微好的房顶用瓦搭建。很多贫苦人家都是一家几口挤在一个很小的陋室里度过清贫的一生。等到按照福利分配住房的时期，房子面积分配的大小是根据人口的数量而定。基本上大部分人家是祖孙三代一起居住在一间房子里：吃、住、生活。

　　1980年，改革开放总设计师邓小平提出中国房改的思路，让大家看到了新的希望。

　　1998年，朱镕基总理提出住房制度改革的一整套想法，房改取得了突破性的进展。房屋、楼价上升到人们日常生活中最关心的层面。就此，新的住房时代到来了，很多人家开始拥有自己的房子。

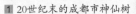

1 20世纪末的成都市神仙树
2 现在的成都市神仙树
3 现在的成都市神仙树

21世纪 追求优越的住房时代

　　21世纪,当华丽的房产广告光艳地展示在各种媒体上时,这预示着人们居住的环境更加优越,选择也更多了,高层住宅区、复式楼、花园小区、单门独院的特色别墅等应有尽有。人们的住房条件越来越好了,很多人还同时拥有几套房子。随着人们生活水平的提高,室内装修和居住环境也成为热点,在追求室内舒适的同时,还在追求着居住环境的各种配套设施,要住得舒服,住得开心。

1 现代室内装修
2 现代室内装修
3 四川成都市新天府广场
4 上海青浦民居内的厨房
5 现代家庭的整体厨柜
6 1981年,广州人家,铺有进口欧洲瓷砖的浴室
7 时尚家具,现代卫浴间

4 坐在私家车里看风景

　　每天上班途中，私家车多过公交车；娱乐场所、饭店等地方私家车排成一排；小区里面的停车位全是业主的私家车。私家车的大量出现为人们的出行带来了更多的便利。

　　每到节假日，有车一族都喜欢开着私家车，带着自己的家人去周边转转，呼吸一下城市之外的新鲜空气，调整工作和学习带来的压力，坐在私家车里看周围的风景。遇上国家法定假日，还会乘坐飞机或者火车到更远的地方去旅游。人们的出行方式随着改革开放的进一步深化而越来越便利。

　　忆往昔，人们的出行方式从步行到自行车，到中巴，到如今的私家车、火车、飞机等，每一步变化都体现着改革开放的神奇力量。

80年代　公交车升级换代

　　20世纪80年代起，公交车大量投入使用并不断升级换代，为城市居民带来了便捷。经过一段时间后，空调车也陆续投放使用，在发展过程中，

1 1976年，陕西西安东大街，乘客排队上车
2 1984年，北京饭店外排队等出租车
3 1991年上海，上班族自行车流
4 自驾游车队
5 私家车里看风景

公交IC卡也开始普及。另外摩托车、电动三轮车也成为城市居民最主要的出行方式之一。比如最初引进的摩托车款是CJ70，成为当时时尚一族的象征。

而在改革开放前后，人们的出行方式主要是以步行和自行车为主，凤凰牌、永久牌自行车成为无人不知无人不晓的自行车品牌。那时，中国还一度成为当时的自行车王国呢。到现在，有的国家还在使用中国的凤凰牌自行车。

90年代　出租车的兴起

20世纪90年代，出租车迅速发展起来，在大街小巷招招手就停下来了，想到哪里就到哪里，完全可以享受到私家车一样的服务，为人们的出行带来了很大的便利。

21世纪 私家车的天地

随着改革开放的进一步发展，1994年，国际顶尖轿车品牌宝马在北京设立第一个代表处，国人开宝马的梦想由此起步。

到了21世纪，诸多国际轿车开始飞入寻常百姓家，老气横秋的"上海"、"红旗"已经逐步退出历史舞台。

2002年，满街都是桑塔纳、POLO和帕萨特，中国成为德国大众公司第一海外市场。同时，中国汽车工业也在高速发展，以吉利和奇瑞为代表的中国汽车品牌，投身自主研发，创造了中国汽车产业的希望。较高的性价比，让百姓纷纷将买车目光投向了国产汽车。

飞机、火车、地铁等出行工具越来越节约人们的出行时间。地铁，成为最便捷的"地下公交车"。城市轻轨的出现，缓解了重庆、武汉、上海等大都市的地面交通压力。

中国的改革开放让中国人的脚步更加矫健，更加轻快。

1 自驾游已成为一种时尚，这是一群越野
自驾游车队行进在山路上

2 自驾游车队在内蒙古科尔沁草原

3 自驾游车队在路边休息

5 国家法定节假日带来的旅游黄金周

每到元旦、五一或者国庆、春节大假，人们都思考着去什么地方旅游、度假。旅行社的电话在这几个时间段也呈现出前所未有的热线状态。很多家庭或者亲戚朋友会相约一起到某个景点旅游度假。有的选择跟团，有的选择自驾游。不管选择何种方式，都希望在假日中享受到工作、学习以外的愉悦。这种利用节假日出游的现象逐步演化成一种黄金周旅游现象，为旅游业和社会经济带来了巨大的影响和收益。

黄金周旅游作为假日经济的主体，已成为一种极为重要的社会现象和经济现象。这种以国家假日政策为基础而产生发展起来的现象，实质上是一种"政策经济"。自国家法定节假日规定出台以来，各大旅游景点人山人海、各类旅游纪念物品畅销

1 旅游黄金周的长城
2 "五一"黄金周的上海外滩
3 "十一"黄金周的湖南凤凰古镇

热卖、各大旅行社游人数日益增多……随着这种影响的不断发展和深化，黄金周旅游也为社会带来了诸多的不良影响。比如旅游业淡季、旺季的明显化，黄金周期间景区交通拥挤状况严重等等，为市民的出行和旅游带来了诸多的不便。

2007年12月，争议已久的"五一"黄金周存废问题及国家法定节假日的调整问题终于尘埃落定。根据《国务院关于修改〈全国年节及纪念日放假办法〉的决定》，从2008年起，中国公民将在小长假、黄金周的轮流替换中度过。两大方案实施后，市民将可分别在2月和10月享有两个七天的"黄金周"（春节和国庆节），若加上带薪年休假的"个人黄金周"（至少9天），一年共有三个"黄金周"；而在1月、4月、5月、6月、9月分别享有五个三天的"小长假"（元旦节、清明节、劳动节、端午节、中秋节）。

有关专家分析：法定节假日的调整不但能够满足市民生活调节的需求和假期出游放松的愿望，同时也有利于旅游行业消除淡旺季之间的差别。在分流黄金周人流之余，能更有效地刺激潜在的旅游消费市场，引导市民在淡季出游，令原本较为冷清的节后市场慢慢变旺，有效地淡化了黄金周的集群效应。

黄金周旅游带来的不利影响和国家政策

1 四川塔公草原
2 四川九寨沟诺日朗瀑布
3 四川稻城

的调整，使人们对出游的时间和景区更加理性化了，而不是盲目地为了打发长假时间进行走马观花地旅游。人们已经从最初的观光型旅游向度假型旅游转化，尤其是点对点式的城市周边中短线度假游日趋火爆，这就使传统的黄金周旅游市场出现了三大变化：

首先是团体出游现象萎缩。人们不愿再受团队旅游的束缚，而更愿意选择以家庭或亲友为单位的自助游，自主外出旅游。

其次是自驾游成为热潮。随着汽车的普及和交通道路的改善以及黄金周期间交通客运的紧张，游客更愿意自己驱车前往旅游目的地度假，因为驾车旅行本身也是旅游的目的之一。

三是黄金周旅游动机趋于多元化，除了自助游、自驾游外，探险游、体验游、休闲游等都备受青睐。

1 四川蜀南竹海
2 四川九寨沟甲番古镇

6 保险时代的到来

　　城市之中，每一个人，每户人家，每个单位，几乎都买有不同种类的保险。大家在感慨生活越来越好的同时，更加心安地享受着保险带来的各种保障。

　　保险代表着人类的生存智慧，在社会生活中以其独特的风格和美丽促进经济的繁荣稳定。保险是一个人生活质量的度量衡。保险的应运而生，标志着一种新的社会文明从此到来。

　　根据保险标的不同，保险可分为人身保险和财产保险两大类。人身保险是以人的寿命和身体为保险标的的保险。当人们遭受不幸事故或因疾病、年老以致丧失工作能力、伤残、死亡或年老退休后，根据保险合同的规定，保险人对被保险人或受益人给付保险金或年金，以解决病、残、老、死所造成的经济困难。财产保险广义上讲，是除人身保险外的其他一切险种，包括财产损失保险、责任保险、信用保险、保证保险、农业保险等。它是以有形或无形财产及其相关利益为保险标的一类实偿性保险。

　　根据"是否以盈利为目标"作为划分标准，保险可分为商业保险和社会保险两类。商业保险指保险公司所经营的各类保险业务。商业保险以盈利为目标，进行独立经济核算。社会保险是指：在既定的社会政策下，由国家通过立法手段对全体社会公民强制征缴保险费，形成保险基金，用以对其中因年老、疾病、生育、伤残死亡和失业而导致丧失劳动能力或失去工作机会的成员提供基本生活保障的一种社会保障制度。社会保险不以盈利为目标。

　　改革开放以来，随着中国经济的迅速腾飞，人们的生活方式和消费理念也发生着巨大地变化，这些变化以及由于这些变化对经济、个人生活、家庭带来的影响受到越来越多的关注。人们在家庭价值观的一个重要表现就是，生活有保障，在解决温饱的基础上，为满足家庭成员丰富的文化精神需求提供必需的物质条件。家庭的幸福稳定在很大程度上依赖于一个家庭是否拥有完备的保障。有专家称：家庭保障主要有两个方面的内涵，一是情感保障，主要指家庭成员之间的亲情；其次是经济保障，包括固定的工作、稳定的收入、对子女的教育、养老、医疗等方面的充分安排、高品质的居住生活环境等。

1 老街上的大药房也能刷医保卡了
2 医院里的社保身份确认窗口
3 中国保监会

　　改革开放后，中国保险业一直持续快速地增长，在此期间，专业化保险公司的兴起和大型保险集团公司的出现，中介行业的快速发展，政府与行业监管体系的逐步形成与完善，保险产业逐步形成和完善起来。比如中国保险业市场主体由80年代中国人保独此1家，发展到1991年的5家。到2005年底已有中外各类性质的保险公司80余家，保险中介公司1000多家参与市场竞争。2007年，全国保险公司达到110家，总资产达到2.9万亿元，

1 医院里的少儿互助基金报销窗口

2 医院里的医保咨询窗口，为患者提供方便

实现保费收入7000多亿元，市场规模增长1500多倍。中国已逐步成长为新兴的保险大国。

党的十六大以来，由于坚持"抓监管、促发展"的总体思路，保险行业保持了又好又快的发展势头，在各方面实现了历史性跨越。

首先，行业面貌发生巨大变化。整体实力明显增强；行业竞争力不断提高；风险得到有效防范。

其次，服务能力全面提高。保险业自觉将行业发展融入经济社会发展全局，不断增强服务，提高自身的建设能力。

再次，行业影响迅速提升。一方面，政府越来越重视和支持保险业发展；另一方面，保险业的国际地位明显提升。

改革开放30年来，随着中国家庭进入高品质小康时代，现阶段人们对于住房、汽车、保险这"新三大件"以及其他产品的关注正是这种消费观念、保障观念的现实体现。因此，未来，保险将与汽车、住房一样成为中国家庭的消费热点。

7 寻医问药不再难

随着中国市场经济体制的逐步建立,与之相配套的社会保障制度的建设也在加速进行。作为社会保障制度中受众最广、变革最大的医疗保障制度的改革和建设,息息相关的影响和改变着中国人民的生活和权益,成为最受瞩目的国家政策,老百姓最为关注的话题。

医疗卫生事业的发展变化在老百姓生活中体现得淋漓尽致,以前老百姓总是抱怨:看病太贵了,而且贵得离谱。光感冒就得花好几百块钱,医生的医德医风越来越差,少数医生还要收红包。因此,一些市民头疼感冒等小病痛都基本自己买药治疗,实在扛不过去了,才去医院。而如今普通百姓吃不起药、看不起病的现象已经很少了。老百姓不禁感慨:这些年来医疗事业发展了,使我们老百姓吃药看病都很方便了,而且一些大的疑难杂症也能得到很好的治疗,再也不用跑国外或者大城市寻医问药了。

近年来,中国的医疗事业从人民群众的切身利益出发,切实解决老百姓看病贵、看病难的实际。

■ 医院里的便民服务台

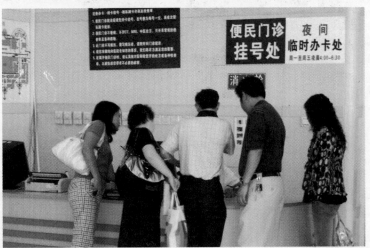

整个社会一个全新的公共卫生体系已经形成，社会医疗保险制度不断完善、农村新型合作医疗制度建设起来了、城市居民社区医疗服务机构得到了逐步拓展。

国家进行了多种形式的医疗保障改革。1994年，在九江和镇江试点进行以个人账户与社会统筹为基础的社会医疗保险制度。1996年在全国57个城市扩大试点。1998年发布了《国务院关于建立城镇职工基本医疗保险制度的决定》（简称《决定》），1999年、2000年国务院以及国家有关部门又陆续出台了系列文件，进一步完善了医疗保险政策体系，已初步形成以《决定》为主体、以十多个密切相关配套政策为支撑的政策体系，这标志着我国基本医疗保险的制度和政策框架已初步形成，为全国医疗保险制度改革提供了统一的政策依据。

国家将以建立和完善城镇职工基本医疗保险制度为核心，在扩大覆盖范围、提高社会化服务水平、完善基础管理的基础上，建立多层次的城镇医疗保险体系，根据人口和经济特征，通过多种形式解决医疗风险，满足不同人群的多层次的医疗保障需求。

随着老百姓生活水平的提高，安定的社会环境以及完善的医疗保障体系构成了他们美好生活中不可或缺的一部分。

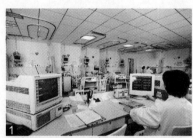

1 现代化的就医环境
2 为方便广大患者，医院开设了多个取药的窗口
3 等候挂号的人群

8 娱乐，让生活更精彩

1 交谊舞的热潮是从80年代末至90年代
2 清晨，热爱运动的老年人在广场上跳腰鼓舞

茶余饭后，工作、学习之余，选择怎样的娱乐休闲方式成为大家的讨论主题。随着社会的不断进步，改革开放的日益深入，娱乐方式日渐丰富。电影电视、休闲健身、桌球、舞蹈、上网……人们可以根据自己的兴趣和时间随意选择。从改革开放到如今，娱乐方式的变迁和多样化为人们的生活带来了更多的乐趣。

80年代　跳舞热蔓延

1979年，跳舞热在中国各个城市蔓延开来，舞蹈风情从电影、电视的故事里蔓延出来，男女青年纷纷相约拥入舞厅，牵手感受着曼妙的新鲜。跳舞热不仅仅丰富了人们的生活，也为人们的生活带来了意想不到的惊喜。因为舞蹈，催生了无数对恋人的完美结合；因为舞蹈，爱情在那时变得更加浪漫起来。

1984年，健美操也开始兴起。健美操有它独特之处，就是把中国的太极拳和现代舞蹈结合起来。1986年，让人们无法忘记桌球和摇滚。桌球刚出现时，多在路边小吃店或小修车厂旁放置桌球供顾客娱乐。逃学去玩桌球的孩子很多，他们经常因迷恋桌球而忘记回家。当时，崔健和中国摇滚也在那时崛起，他用沙哑的嗓音喊出了一代人的心声，对自由的渴望，对传统的叛逆，对激情的追求。崔健的声音就像是我们自己对自己的怀疑："为何你总是笑我，一无所有？！"1987年，霹雳舞和游戏厅留住了青少年的脚步，美国电影《霹雳舞》上映后，"太空步"开始席卷内地，成为当时最酷的舞蹈。有些人在大街上跳舞，引得大家观看。整天和伙伴们在大街上跳霹雳舞。游戏厅从都市向乡村蔓延。他们整天整天地泡在游戏厅里，给无数青少年带去了乐趣，同时也带去了弊端。

90年代　潮流来袭

呼啦圈全民运动，是当时最普及的运动器材。卡拉OK这种自娱自唱至今仍是很多人的休闲首选。现在三五几个朋友一起就经常去KTV，唱唱歌，喝喝酒。

1992年，校园流行音乐。《同桌的你》《睡在我上铺的兄弟》等内地校园歌曲风起云涌，高晓松、老狼、沈庆等人将中国歌坛带入新时期。到现在，这些耳熟能详的歌曲还能感染青少年一代。没到毕业的日子，同学们总会哼着这些歌曲，怀念一起走过的日子。

1994年，一股崇尚日本明星的风潮从台湾地区吹到了内地，他们出门玩滑板，穿HIP－HOP的衣裳，扎花里胡哨的头巾，喜欢《樱桃小丸子》《机器猫》《美少女战士》《灌篮高手》《流星花园》等卡通片，看《情书》《爱情白皮书》等日剧，他们穿着松糕鞋和有短流苏的裙子，顶着一头卷发，将潮流和叛逆表现得淋漓尽致。

1996年，韩流入侵，随着韩国音乐大行其道，安在旭、张东健、金喜善等韩国明星在中国的声望如日中天；韩剧流行，到《我的老婆是大佬》及《野蛮女友》时达到顶点。

1998年，大网站敛聚数千万网民。联众网，作为全球最大华人游戏网站，到了2003年，全球注册用户高达1600万人；腾讯公司推出的网上即时通讯OICQ目前已经拥有3900多万个注册号码，活跃用户大约1500万人。

21世纪　网络风潮

　　2001年《魔兽传奇》游戏缔造了网络传奇。7月，上海盛大网络公司引进大型网络游戏《魔兽传奇》。一年后，同时在线游戏人数突破50万人。到了2003年，它拥有7000万注册用户。2005年，《劲乐团》来袭。华丽的游戏场景、可爱的人物造型，让这个游戏特别受少年男女欢迎。

1 1987年美国电影《霹雳舞》招贴
2 3D动画
3 亚洲极限运动锦标赛沪上表演
4 社区全民体育健身中心
5 盛大网络

9 电话：千里之外的问候

在现代生活中，电话已经成为人们日常生活中不可缺少的日常用品。然而以前，它可是一件不可多见的稀罕物品。改革开放以来，我国的各个领域都发生着巨大的变化，其中通讯领域尤其突出。如今，通信业作为我国发展最快的行业之一，成为推动国民经济发展的基础性、先导性产业。小小一部电话，使我们领略到改革开放带来的翻天覆地的变化。

80年代 固定电话开始走进家庭

80年代，正值改革开放初期，中国民生领域各个方面都有所改善，电话也开始慢慢走进家庭。1982年，中国第一批投币式公用电话在北京市东、西长安街等繁华街道出现。紧接着公用电话开始遍布北京的街头巷尾，在电话开始进入家庭之前，市民打电话用的主要就是它，一般胡同口两头都有。投币式公用电话为市民的生活带来了很多便利，人们可以给远在外地他乡的亲人或者朋友打电话问候，比信函问候更加亲切客观。

后来，固定电话开始进入家庭。那时，如果谁的家里有电话，那就是身份和地位的象征。按规定，还必须是正局级以上干部才能有资格申请用公款安装电话。那时使用的是很古老的"摇把子"。拨号不是很方便，样子很古典。如果家里装部固定电话，就是人们心目中"小康"的标志，并且是一种身份的象征。移动电话、网络电话以及IP电话的兴起，给固定电话带来了巨大的冲击。

1 手摇式电话
2 转盘式电话
3 按键式电话
4 1995年，北京街上，打"大哥大"的生意人
5 湖南岳阳洞庭湖上打手机的渔民
6 美女展示仅68克重超轻型手机

90年代　手机从身份的象征到随身用品

一提起大哥大，可能大家就会联想到电视里面的黑社会老大，他们一出场就会拿着个大哥大凶神恶煞地到处打电话，样子十分得意。大哥大像砖头一样大小，学名：800兆模拟移动电话。在80年代末绝对是身份的象征，拥有者差不多全是各界显要人士：包工头、大老板或者是当年第一批下海淘金的中国股民。那时候拿这么个电话，在马路边上大声说话，绝对是城市里一道独特的风景线。

随着时间的推移，大哥大变小了，并且多转为翻盖型。传呼机却从数字型升级到了汉显型。很多人都同时拥有一个传呼机和一个大哥大。不过，使用者往往不同时开动两机，而是先接受传呼机的信息，然后根据内容，再打开大哥大回电话。

紧接着，两机合一的替代产品——数字移动电话问世了。传呼机和大哥大的地位受到威胁，90年代末，手机在普通人群中普及开来。传呼机和大哥大逐渐退出历史舞台。

21世纪　通信多样化

21世纪的今天，几乎十个人里面就有八个人拥有一部手机，连读书的学生也几乎人手一部，手机再也不是奢侈品，而是生活中的必需品，其款式和功能也得到了更大的优化。国外品牌手机也进入中国，成为时尚年轻一族的最佳选择。

10 众志成城护家园

1998年，中国遭遇了一起特大洪水袭击，其影响范围极广，持续时间也特别长，洪涝灾害非常严重。全国共有29个省（自治区、直辖市）遭受了不同程度的洪涝灾害。据各省统计，农田受灾面积2229万公顷（3.34亿亩），成灾面积1378万公顷（2.07亿亩），死亡4150人，倒塌房屋685万间，直接经济损失2551亿元。江西、湖南、湖北、黑龙江、内蒙古、吉林等省（区）受灾最重。

中国人民在党和政府的领导下，广大军民奋勇抗洪，大大减少了灾害造成的损失。更重要的是，新中国成立以来建设的水利工程也发挥了巨大作用，在有效时间内将洪水控制住，从一定程度上缓减了洪水的破坏作用。

2003年，北京遭遇了可能是新中国成立以来最大的一次灾难：SARS，这次天灾让整个北京以及中国人民陷入恐惧和不安当中。灾难中出现了许多让人深思的事情，人们开始意识到健康的重要性；与家人、爱人在一起的重要性。

■ 1998年8月11日，湖北石首久合垸乡团山河支堤出现"管涌"险情，解放军官兵立即奔赴险段，以血肉之躯挡住肆虐的洪水，减低洪水的冲击力，同时加固堤防

1 2003年4月28日，北京市第六医院的200多名共产党员和入党积极分子庄严宣誓："向SARS宣战，共产党员冲锋在前"。当时，这个医院曾建立起收治100名非典型肺炎病人的两个隔离病区，并专门设立了有25张床位的发热留观门诊

2 2008年2月6日，装甲旅指战员在冰山雪岭运送电网铁架。当日是农历大年三十，驻桂部队某装甲部队的500多名指战员争分夺秒抢修电线电塔，以求尽快恢复广西北部县乡受冰雪灾害破坏的输电线路

　　SARS的传染性和死亡率虽然很高，但是中国人民在党和政府的领导下，勇敢地和疾病作斗争，最终战胜了可怕的恶魔，中国人民又恢复了安宁的生活。人们在那一刻记住了白衣天使的无私奉献，她们将自己的神圣职责放在第一，而将生死置之度外，与病人在一起共渡难关。

　　2008年春节，湖南下雪了，贵州下雪了，安徽下雪了，广东也下雪了，中国遭遇了有史以来最大的雪灾，供电中断了，供水也中断了，归家路变得前所未有的艰难。想回家过年的人都滞留在了车站、机场、回家的途中，想着家人、念着孩子。所幸，我们的党和国家领导人站在我们身边，和我们一起对抗雪灾，严寒挡不住真情，冰雪压不垮意志。人们众志成城，迎难而上，为战胜这场严重的雨雪冰冻灾害而顽强奋斗。

① 北川县县委办公楼前，第一救援现场
② 感动中国的敬礼
③ 成都天府广场上万只蜡烛被点亮哀悼罹难同胞

　　2008年5月12日14时28分，四川省发生里氏8.0级强烈地震，全国多数地区有明显震感，震中位于阿坝州汶川县，地震造成了严重的生命和财产损失。

　　灾难是无情的，可是人是有情的。在灾难面前，中国人民团结一心，众志成城，将灾难带来的后果争取降到最低。胡主席和温总理的亲切关怀更是感动了灾区人民。灾区人民在各方人士的援助中走出地震带来的恐惧和阴影，万众一心誓把被毁的家园重新建立起来。

　　大量的事实和数据说明，面对这场新中国成立以来破坏性最强、波及范围最广、救灾难度最大的地震灾害，党中央带领全国军民之所以能够夺取抗震救灾取得重大的阶段性胜利，主要依靠中国特色社会主义的制度优势，依靠改革开放30年的发展积累，依靠中华儿女自强不息的民族精神。30年来的改革开放，使我们国家的面貌发生了历史性变化，综合国力大幅提升，人民生活显著改善，国家财力大大增强。在抗震救灾斗争中，各级政府及时投入抗震救灾资金，紧急调运帐篷、活动板房、棉被、衣物，还有大量粮食、食品、药品等救援物资源源不断地抢运到灾区，保证了抗震救灾的需要，保障了灾区人民的基本生活。全国人大常委会按照特事特办的原则，决定及时调整2008年中央预算，建立灾后恢复重建基金，以保证抗震救灾和灾后重建的资金需要。

11 民 工 潮

改革开放以后，联产承包责任制解决了人们的温饱问题，随着农业劳动生产率的提高，农村剩余劳动力逐渐增多。一方面，本土乡镇企业吸纳农村劳动力的能力变得越来越弱。另一方面，城市对农民的吸引力增强，一部分不满现状的农民背起行囊，离开家乡闯天下，于是就构成了农民拥向城市的强大动力。

在80年代和90年代，东部沿海地区劳动力已不能满足企业发展的用工需求。同时，东部与西部地区经济发展的差距十分明显地表现出来，于是，在收入效应和前期民工的带动作用下，四川等省的农民工拥向广东等省的规模越来越大，形成了颇为壮观的"民工潮"。

"民工潮"是20世纪80年代末90年代初对中国农民大规模跨区域流动现象，农民纷纷外出打工所形成的潮流的一种称谓。主要是经济不发达、劳动力多的人口大省的农村劳动力，集中向广东等省市的大中城市大规模流动，其中尤以四川省的农民工向广东大规模流动最为典型。

■ 20世纪90年代，广州火车站的民工潮

　　每年农历正月前后，浩浩荡荡的民工大军南下北上，东奔西跑，铁路、公路车流如水，交织成一股"春运潮"。过去人们总说农村是个大海绵，如今"民工潮"浪打浪地涌出来，拍打着城市的门户。改革开放以来，商品经济大潮冲击着每一个角落，也强烈震撼着"面朝黄土背朝天"的淳朴农民，他们也想感受一下外面的世界，感受一下离开土地的感觉。

　　民工潮的奔涌，是一个跨世纪的壮举。民工的跨省流动总的看是一巨大的历史进步，这种劳动力的自发调节和平衡，既在一定程度上加快了非发达地区农村的脱贫步伐，也极大地支援了发达地区的经济建设。给城市的社会经济发展注入了动力和活力，对社会经济的发展有着积极的作用。实践证明，"民工潮"在转移农村剩余劳动力、缓解农村就业压力方面发挥了不可替代的作用。

　　历史发展到今天，在我国的工业化、城市化水平已经达到相当水平、财政已经积累得比较雄厚的情况下，可以这样说，没有农民工，没有"民工潮"，就没有我国的工业化，就没有我国经济长达三十年的快速发展。

■ 1992年8月，四川广安火车站南下的民工潮。由于人多车少，民工只好从车窗挤上车

12 不同时代的结婚三大件

　　每天都有人结婚，望着街上长长的迎亲车队，不免让人感叹：现在的年轻人真幸福啊，结婚可以选择中式或者西式，还可以中西结合。在庄严而又神圣的教堂里举行仪式，在热闹而又喜庆的酒店里和亲友共庆，婚宴上有感恩有憧憬，有红包有钻戒，一样都不会落下。

　　翻开史册，你会发现一个很有趣的现象，那就是不管在哪个时代，结婚都有最重要的三大件，而且是随着时代变迁、生活水平的变化而变化着。

　　80年代，正值改革开放初期，人民的生活水平有了明显的改善和提高，这时，如果有结婚的人，一定少不了冰箱、彩电、洗衣机这三大件。

① 20世纪70年代流行的上海牌手表
② 20世纪70年代缝纫机成为家庭的重要用品
③ 1987年2月，广东连南瑶山用拖拉机送新娘，旁边的自行车是当时的结婚三大件之一

"新飞广告做得好，不如新飞冰箱好。"这句广告语到现在都还是耳熟能详的广告语，新飞冰箱就是那时结婚新人的第一大件。

在那时，如果谁家的客厅能摆上一台北京牌电视机，那可太时髦了！还有就是以"献给妈妈的爱"为感染力的威力牌洗衣机。而在改革开放以前，结婚的三大件以自行车、手表、缝纫机为代表。三大件的第一次变化证明了改革开放的成功和人们生活水平的提高。

到了90年代，条件越来越好，结婚三大件也跟着水涨船高了。电脑、空调和摩托车成为90年代结婚的三大件。IBM电脑，年轻人的智慧和文化的象征；雅马哈摩托车，让男孩子更帅的标志；格力空调，温馨舒适每一天。

到了21世纪，房子、车子和票子，就成为结婚一族缺一不可的三大件了！房子，不一定是小别墅，但是一定要有，这是婚姻生活最重要的物质基础；私家车一定要有，不一定是宝马和奥迪，这是品质生活的保证；至于票子就更不用说了。现在的年轻人除了奋斗还是奋斗，跟着改革开放的脚步，将属于自己的三大件紧紧地抓在手里。为了爱情天长地久，为了幸福，为了未来。

1 20世纪80年代电视机成为家庭必不可少的物件

2 20世纪80年代黑龙江省哈尔滨市，买洗衣机回家的市民

3 1988年，河南洛阳百货大楼前，市民没有挑选机会只有
  先付款后提货的抢购冰箱

4 涂鸦墙上的窗式空调，在90年代初是结婚的必备家电

5 舒适的书房，电脑已成为书房的必备

6 迎亲的摩托车队，河南省黄河流域婚俗

7 20世纪90年代，青岛，新郎用汽车接新娘

8 童男压床，陕西宝鸡的婚礼

9 21世纪，房子已成为结婚一族缺一不可的三大件之一

10 21世纪的婚礼，新郎用迎亲车队迎接新娘

第四章 科教

改革开放30年来，由于经济体制改革的逐步深化，坚持对外开放，依靠科技进步，我国的生产力获得了极大的解放。改革开放带来了"科学进步的春天"。科技作为第一生产力，日益与经济建设紧密结合。科教兴国战略确立为我国的基本国策，更是加速了科技领域的进步。科技发展为我国经济的发展、综合国力的增强、人民生活水平的提高等各个方面提供了源源不断的动力。

■ 这是1978年春，北京大学迎来
　恢复高考后录取的第一批新生

■ 袁隆平在安徽省芜湖县六郎镇东八村查看水稻长势

　　当然，科技的发展也离不开教育的先行，教育作为培养社会人才的摇篮，作为科教兴国的基础工程，为社会主义现代化建设输送了更多优秀人才。

　　改革开放30年以来，我国教育领域发生了翻天覆地的变化，培养了一大批颇具创新素质和能力的优秀知识分子。1977年冬天，在邓小平同志的亲自过问和大力支持下，中国恢复了停滞10年的高考。许多中国人的命运因此发生了变化。中国重新迎来了尊重知识、尊重人才的春天。如今，30年过去了，邓小平当年作出的决策，其意义早已超出高考招生本身。他让一代代中国人明白：教育不仅能够改变某一个人的命运，还能改变一个国家的命运、一个民族的命运。教育是一个民族最根本的事业，是祖国的未来和希望。

　　是改革开放的神奇力量，大大增强了中华民族的自力更生能力。是改革开放的创新意识，使中国人民用更加开阔的视野看世界，主动吸收世界科学技术最新成果。是改革开放的正确策略，从根本上否认了"知识分子是臭老九"、"知识越多越反动"的错误口号，落实了尊重知识、尊重人才的政策，为知识分子的工作提供了良好的环境，为科技和教育的发展打下了先行而又坚实的基础。

　　总之，改革开放30年以来，在科教兴国的基本国策下，中国的科技领域和教育领域发生了翻天覆地的变化，从而为中国的军事、经济、文化、体育等领域提供了源源不断的技术支持和智力支持。

1 中国首次以潜艇水下发射运载火箭试验成功

1982年是改革开放的第四个年头，我国在各个领域都有了明显的进步，军事方面也取得了骄人的成绩。

1982年10月12日，中国首次以潜艇从水下发射运载火箭成功。潜艇从北部海区向以北纬28°13′、东经123°53′为中心，半径35海里的圆形海域范围内的公海上发射运载火箭。15时01秒，渤海某水域，随着一声巨响，由我国自己研制的第一代固体潜地运载火箭似一条海上蛟龙破水而出，在水面上溅起一片火光后直上蓝天……在整个发射过程中，运载火箭经过水中段、控制段、被动段飞行，准确落入预定海域，取得了圆满成功。

中国人民解放军海军有73艘舰艇和19架飞机参加本次发射试验。这是继我国成功地进行了原子弹、氢弹、远程运载火箭、人造卫星发射以后，在国防尖端科学技术领域里取得的又一重大成就。这次以潜艇从水下发射运载火箭获得圆满成功，使中国一跃成为世界上第5个拥有水下发射战略导弹能力的国家，标志着中国运载火箭技术达到了一个新的水平，大大提高了人民解放军未来反侵略战争的作战能力。这一振奋人心的消息让所有中国人都为之自豪。中国在军

1

1 1982年，在潜艇发射运载火箭过程中，技术人员紧张而有秩序地工作，计算机运行正常

2 潜艇水下发射运载火箭

事上取得的骄人成绩不仅仅证明了中国在军事上的重大进展，也表明了中国综合实力的提高。

10月16日，中共中央、国务院、中央军委致电参加这次运载火箭研制和发射试验以及各项保障工作的全体人员，表示热烈地祝贺和亲切地慰问，并希望大家再接再厉，为实现国防现代化作出新的贡献。10月22日，国防科工委和海军隆重举行大会，庆祝中国水下发射运载火箭成功。

据海军潜艇某基地领导和技术人员介绍，以潜艇为发射平台，从水下发射运载火箭是当今世界上"三位一体"（即陆基洲际导弹、战略轰炸机、潜射导弹）的战略核武器系统的重要组成部分。潜艇水下发射运载火箭的明显优点是机动范围广，隐蔽性好，攻击能力高，生存能力强。

党的十一届三中全会以后，我国第一代潜地导弹的研制工作被列入国防尖端技术的重点之一，明显加快了研制的步伐。在党中央、国务院、中央军委的直接领导下，国防科工委、海军和航天工业部、核工业部、电子工业部、中国科学院等单位密切协作，坚持走自己的路，使我国潜地导弹技术研究跨上了一个新的台阶，从而为首次潜艇水下发射运载火箭奠定了基础。

2 我国第一台亿次计算机 "银河" 研制成功

1983年12月22日，我国第一台每秒钟运算达一亿次以上的计算机——"银河"在长沙研制成功。

"'银河'巨型机的诞生，凝聚着小平同志的深切关怀。"当年参加"银河－I"研制的计算机专家黄克勋教授说，"20多年来，小平同志的关怀与勉励一直是我们攀登科技高峰的不竭动力。"黄克勋回忆，1978年，正值我国改革开放拉开序幕，发展我国先进计算机的任务迫在眉睫。在当年底召开的一次重要会议上，邓小平同志把研制巨型计算机的任务郑重地交给了国防科大的前身长沙工学院计算机研究所，慈云桂教授被任命为技术总指挥和总设计师。

面对邓小平同志的信任与重托，当时任国防科大计算机研究所所长的慈云桂教授立下军令状：每秒运算一亿次一次不少；研制时间一天不拖；预算经费一分不超。以慈云桂为

■ 计算机银河研制成功

代表的科技工作团队没有辜负邓小平的重托，于1983年12月22日提前一年研制成功了我国第一台"银河"亿次巨型计算机。消息一传到北京，身为中央军委主席的邓小平非常高兴，他签署命令，为研制者记集体一等功。

我国巨型计算机的研制成功与推广应用，再次印证了"科学技术是第一生产力"这一真理。国防科大计算机学院政委刘乔一介绍说，"银河"系列巨型机如今广泛应用于天气预报、石油勘探等领域，产生了巨大的经济效益和社会效益。

据慈云桂教授回忆，在邓小平将任务交给国防科大时，身为技术总指挥和总设计师的慈云桂教授在总体方案论证会上当众宣誓："我刚好60岁，就是豁出这条老命，也要把我国的巨型机搞出来！"自此，他带领科研人员日夜兼程，成立了十多个攻关小组，从元器件的选取，体系结构的确立，部件的设计，工艺的实施，到软件的研制，都经过充分的科学论证与反复试验，作出了一系列符合中国国情的技术决策，攻克了100多个技术难关。为采用最新研究成果，慈教授抛弃辛苦好几个月才完成的总体方案，重新设计更先进的方案，实现了巨型机机型的跨越发展。

随着改革开放的进一步发展，1992年11月，慈老生前极为关怀的"银河－II"十亿次通用并行巨型机问世，1997年6月，"银河－III"百亿次并行巨型机研制成功，标志着我国超高性能计算机技术又取得新的突破。

"银河"巨型计算机系统是我国目前运算速度最快、存储容量最大、功能最强的电子计算机。它是石油、地质勘探、中长期数值预报、卫星图像处理、计算大型科研题目和国防建设的重要手段，对加快我国现代化建设有很重要的作用。它的研制成功使我国跨进了世界研制巨型机国家的行列，标志着我国计算机技术发展到了一个新阶段。

3 中国第一个南极科学考察站奠基

南极是地球大气环流的策源地之一，对全球气候变化有着重要影响；南极独特的地理环境，被科学家称为"解开地球奥秘的钥匙"、"天然科学实验圣地"。由于孤处一方，大气没有污染，为观测天体提供了极好的条件；南极有成千上万的陨石，是窥探外层空间奥秘的极好基地；地球其他地区600万年前已灭绝的生物，在南极却可能见到，这些发现可能会帮助我们解开地球生命起源之谜，而且还能为进一步解开世界海陆演化之谜提供科学依据。

1984年6月25日，中国首次组织南极考察队赴南极建立中国南极长城站和科学考察活动。邓小平同志为南极考察题词："为人类和平利用南极作出贡献"。中国首次南极考察队于1984年11月20日从上海启程，12月26日抵达南极洲南设得兰群岛的乔治岛。30日15时，"长城一号"和"长城二号"两艘登陆艇载着54名考察队员，登上菲尔德斯半岛南部，在这里升起了第一面五星红旗。31日10时，在南极洲乔治岛上，从祖国带来的刻着"中国南极长城站"的奠基石，竖立在南极洲的土地上。

当新年钟声敲响时，当祖国人民端起年饭时，中国南极长城站的建设开始了。中国南极长城站位于南纬62° 12′ 59″、西经58° 57′ 52″，考察队在1985年2月15日向全世界宣布：中国南极长城站胜利建成。2月20日，中国长城站在乔

1 1984年12月31日，中国第一个南极科学考察站——南极长城站奠基典礼举行

2 中山站设置的中山纪念室。室内布置典雅，墙上悬挂着孙中山先生的巨幅画像，陈列着孙中山先生的墨迹和头像瓷盘等纪念品

治岛隆重举行落成典礼。1985年10月，在布鲁塞尔召开的16个南极事务协商国会议上，由于中国在南极建立了长年考察站，进行了多学科卓有成效的考察，正式取得协约国的地位。

自1985年在南极建成长城站以来，中国几乎每年进行一次南极科学考察。1986年、1992年、1995年，中国曾三度扩建长城站。1989年2月，中国又在南极圈内建立了第二个南极科考站——中山站。两站建成后，中国的南极考察完成了以"建站"向"科考"为中心的转变。

随着改革开放的深入，在2007年5月28日至30日由中国国际极地研究中心举办的国际极地年南极冰穹A考察国际研讨会上，中国南极天文中心学术委员会主任叶淑华院士透露："2009年至2010年期间第三个科考站一定会建成！"

2009年，我国在冰穹A即将建成的站点名叫"度夏站"，这将是我国继长城站、中山站后第三个南极科考站，也是世界上首个建在南极冰盖最高区域上的科考站。据国家海洋局极地办副主任吴军透露，国务院已批准在冰穹A地区建立科考站的计划，"这是我国首个在南极内陆地区建立的科考站，对我国的南极科学研究具有重要意义。"

4 中国试验通讯卫星发射成功

■ 1990年4月7日在四川西昌卫星发射
中心用"长征三号"运载火箭发射
"亚洲一号"通讯卫星

1984年3月28日，我国自行研制的第一颗试验通讯卫星运往发射基地。4月8日傍晚，银白色的运载火箭喷射着橘红色的火龙渐渐从发射架上升，向天际飞去。19时40分，运载火箭三级准确入轨，卫星与运载火箭分离后，卫星按预定程序起旋至37转／分。卫星在大椭圆转移轨道上一切飞行正常。4月10日8时47分，地面发出遥控指令，命令卫星的远地点发动机点火，卫星进入准静止轨道。4月16日18时27分57秒，卫星成功地定点于东经125°赤道上空。从此，在茫茫宇宙上空增添了一颗由中国人研制的新星，即"东方红二号"通讯卫星。

"东方红二号"通讯卫星直径2.1米，总高3.1米，重461千克；卫星上装有2台转发器，使用C波段开展电话、电视及广播业务。从此，使我国通讯广播卫星的研制及应用进入了一个新的发展阶段。

随后，我国于1984年、1986年、1988年、1990年又成功地发射了5颗静止轨道通讯广播卫星。于1986年开始，利用自己研制的通讯卫星，首批开通了北京、拉萨、乌鲁木齐、呼和浩特、广州等城市的卫星通讯。随后，又为中央电视台和中央人民广播电台的多套节目、电视教育和云南、贵州、新疆等省的一些地方电视台节目提供服务，大大提高了全国的电视覆盖率。此外，还开通了利用通讯卫星作为中继站的对外广播，并为邮电、水利、金融等部门提供了数字、图片、文字传真和数据报表传送等通讯手段，使其真正成为提高国民经济建设效益的"倍增器"。

1997年5月12日，我国经过10年呕心沥血研制的"东方红三号"国内通讯、广播、电视传输卫星用"长征三号甲"运载火箭从西昌卫星发射中心发射升空，准确地定点于东经125°赤道上空，为我国通讯事业的发展再创奇迹。"东方红三号"的研制成功，标志着我国通讯卫星技术已得到飞速发展，为我国挤进竞争激烈的通讯卫星市场创造了良好的条件。它标志着中国的运载技术已达到世界先进水平，将引起中国通讯体系的深刻变化，有力地促进现代化建设和国防事业的发展。

■ 1997年12月8日中国在山西省太原市首次用"长征二号"丙型火箭成功发射一颗通讯卫星

5 因特网来到中国

1994年5月，中国被国际上正式承认为有INTERNET的国家；5月15日，中国科学院高能物理研究所架设了国内第一个WEB服务器，推出中国第一套网页；5月21日，中国科学院计算机网络信息中心完成了CN域名服务器的设置，从此CN服务器设在国内；6月28日，在东京理科大学的大力协助下，北京化工大学开通了与INTERNET相连接的试运行专线。

随着改革开放的进一步深入，到了90年代后期，中国的信息产业以年均增长50%以上的速度发展。1998年底，中国因特网用户已超过210万，1999年6月底突破400万。随着因特网在中国的拓展，中国的信息化进程正不断加快。

因特网在中国的发展，可分为三个重要阶段：

第一阶段（1987年~1994年）：时值改革开放初期，在本阶段，中科院高能物理所建成了第一条与因特网联网的专线，实现了与欧洲及北美地区的电子邮件通信。

第二阶段（1994年~1995年）：进入20世纪90年代，因特网进入教育科研网发展阶段。北京中关村地区及清华、北大组成NCFC网，并于1994年4月开通了与因特网的64千位/秒专线连接，同时还设中国最高域名（CN）服务器，从此中国真正加入了全球因特网的行列。

1 1998年2月25日，由爱特信公司推出的中文网上搜索引擎"搜狐"（SOHOO）在北京正式开通运行

2 2000年11月20日，北大方正数码有限公司在香港举行记者招待会，介绍其将通过三项核心业务，推动中国电子商务的发展

3 2000年，发展的中国电子商务

　　第三阶段（1995年至今）：因特网在中国正式进入商用阶段。1994年9月，中国邮电部门开始联入因特网；建立北京、上海两个出口。1995年6月正式运营，从而拉开了中国因特网商用化发展的序幕。目前，中国公用计算机互联网（CHINANET）已成为中国因特网的骨干网。

　　根据因特网在中国的发展，我们不得不说说因特网对于中国教育领域的促进作用，21世纪的今天，将是计算机网络时代，目前我国正在推行素质教育的政策，在信息时代里，网络与素质教育可以说是一家人，其原因是网络可以打破时空界限，达到人们在任何时间、任何地点相互之间的互动交流，网络这个优势对素质教育帮助极大。

　　"网上远程教育"这个名词，相信大家都不会陌生，中学生可以通过网络周游全球各地名牌学府，访问著名的图书馆，查询任何所需资料，足不出户就可参与学术研究，通过互联网从广泛的范围内选择适当科目进行深造，借助在线公布的课程资料，有了问题可以随时通过电子邮件请求老师指导。可见，网络的发展对中国的教育以及其他行业和领域都有着不可低估的作用。

6 神舟五号和神舟六号

神舟五号激荡风云

2003年10月15日，是一个值得中华民族骄傲和自豪的日子，我国独立设计和研制的神舟五号载人飞船发射成功。中国人几千年的飞天梦想终成现实。航天英雄杨利伟在那一刻家喻户晓。这次发射是人类探索太空的一次重要成就。继俄罗斯和美国之后，中国成为世界上第三个将人类送入太空的国家。北京时间2003年10月16日6时48分，经过20小时飞行，绕地球14圈的"神舟五号"飞船顺利返航。

神舟六号遨游长空

北京时间2005年10月12日9时，神舟六号在酒泉卫星发射中心发射成功。10月12日9时，发射神六飞船的长征二号F型运载火箭点火。火箭在点火4秒钟后升空，轰鸣声回荡在戈壁滩上空。这是长征火箭第88次发射。这是我国第二艘搭载太空人的飞船，也是我国第一艘执行"多人多天"任务的载人飞船，标志着中国载人航天工程又向前迈了一步。此次发射的神舟六号载人飞船可以承载两名宇航员，担任这次飞行任务的宇航员是：指挥长费俊龙和操作手聂海胜。10月12日至17日，费俊龙、聂海胜完成了5天5夜的太空之旅，国人为之瞩目。飞船在飞行了76圈后顺利返回。

1 中国第一名宇航员杨利伟
2 2003年10月15日早晨，中国酒泉卫星发射中心，神舟五号载人飞船及长征二号F型火箭装置上架等待发射

神舟系列发射历史

1 2005年10月12日上午9时，神舟六号载人飞船在中国酒泉卫星发射中心发射升空

2 2006年7月，神舟六号搭载的农作物种子

神舟一号于1999年11月20日6时30分7秒在酒泉卫星发射中心发射成功，并于1999年11月21日3时41分顺利返航，着陆在内蒙古自治区中部地区。神舟二号于2001年1月10日1时0分3秒在酒泉卫星发射中心发射成功，并于2001年1月16日19时22分顺利返航，着陆在内蒙古自治区中部地区。神舟三号于2002年3月25日22时15分在酒泉卫星发射中心发射成功，并于2002年4月1日顺利返航，着陆在内蒙古自治区中部地区。神舟四号于2002年12月30日0时40分在酒泉卫星发射中心发射成功，并于2003年1月5日19时16分顺利返航，着陆在内蒙古自治区中部地区。

中国独立实现载人航天飞行无疑是我国航天事业的一个重大成就，也是我国航天史上的一个里程碑。同时，研制和发射航天飞船的成功对于推动我国高科技事业的发展，增强我国的经济实力、科技实力、国防实力和民族凝聚力，激励全党、全军、全国各族人民，为全面建设小康社会而团结奋斗，都有着重大的现实意义和深远的历史意义。

在神舟系列发射成功之后，经济学家纷纷指出，这种成功带动的不仅是载人航天技术本身，更重要的是对于我国众多行业乃至整个中国经济的深远影响，但这种影响可能更多地表现为渐进式和渗透式的带动，在今后的若干年内会逐步显现。中国人民大学经济学院教授董志勇更是明确表示，"神舟"肯定会加快中国成为世界第三大经济体的进程。

7 嫦娥一号探访月球成功

　　"嫦娥奔月"这个在中国千古流传的神话，中国科学家将她在航天领域实现了。2007年10月24日18时05分，中国第一颗探月卫星嫦娥一号在西昌卫星发射中心成功升空。火箭升空的那一刻，神秘的夕阳和火箭喷出的烈焰在天幕上组成了一幅奇妙的图景，如传说般神奇灿烂。18时29分，嫦娥一号离开托举它的长征三号甲运载火箭，进入近地点205公里、远地点50930公里的超地球同步轨道，开始了100多万公里的奔月之旅。经过两周后，卫星经过4次变轨、2次～3次中途修正和3次近月制动，最终建立起距月球200公里的环月轨道，对月球开展科学探测。

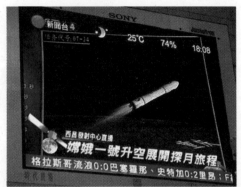

■ 2007年10月24日，香港市民在时代广场观看搭载着我国首颗探月卫星嫦娥一号的长征三号甲运载火箭发射的电视直播

　　中国探月计划首席科学家欧阳自远说，人们常说"十年磨一剑"，探月计划"我们用了35年，另外用了10年艰难论证，然后花了3年半左右实施：2004年是启动年，2005年是攻关年，2006年是决战年，2007年是决胜年"。

　　据国防科工委介绍，探月工程后续工程正处于论证阶段。工程设想为三期，简称为"绕、落、回"三步走，在2020年前后完成。"绕"指的是发射一颗月球卫星，在距离月球表面200千米的高度绕月飞行，边绕边看，进行月球全球探测。"落"也就是发射月球软着陆器，降落在月球表面，释放一个月球车，在月球上边走边看，进行着陆区附近局部详细探测。着陆器还将携带天文望远镜，从月亮上观测星空。"回"是指发射自动采样返回器，降落到月球表面后，机械手将采集月球土壤和岩石样品送上返回器，返回器再将月球样本带回地球，开展相关研究。当"绕、落、回"三步走完后，中国儿女登月的日子也将不再遥远。

　　不难看出，嫦娥一号探月卫星发射成功在政治、经济、军事、科技乃至文化领域都具有非常重大的意义。

1 中国嫦娥一号拍摄月球三维图片示意图
2 中国嫦娥一号拍摄月球三维立体的合成图片

　　从政治领域来看，嫦娥一号发射成功体现了中国强大的综合国力以及相关的尖端科技，表明了中国在有效地掌握和利用太空巨大资源、实现科研创新、凝聚民心、增强国家竞争力等一系列远大目标的决心与行动，这将极大地振奋全国人民的民族精神，提高中共的执政威信。

　　从经济领域来看，将带动信息、材料、能源、微机电、遥科学等其他新技术的提高，对于促进中国社会经济的发展和人类社会的可持续发展具有重要意义。同时，月球上特有的矿产资源和能源是对地球上矿产资源的补充和储备，将对人类社会的可持续发展产生深远的影响。

　　从军事领域来看，表明我国的导弹打卫星和激光摧毁卫星的技术已经日臻成熟。

　　从科技领域来看，将促进中国航天技术实现跨越式发展和中国基础科学的全面发展。月球探测将推进宇宙学、比较行星学、月球科学、地球行星科学、空间物理学、材料科学、环境学等学科的发展，而这些学科的发展又将带动更多学科的交叉渗透。

　　从文化领域来看，嫦娥一号的发射成功具有重要的启蒙意义。探月给人类本身带来了社会发展理念的"颠覆性改变"，人类文明编年史从国家疆域、地球视野进入到"光速世界"，堪称又一大跨越。

　　嫦娥奔月的成功带给中国人的是加快发展的坚定信心。嫦娥奔月所带来的攻坚精神、创新意识都成为全民的宝贵精神财富。

8 中国人第一次与太空 "亲密接触"

从神舟五号到神舟七号，5年间，中国载人航天工程完成了从首次问天到太空漫步的跨越。三次载人飞行，是中国人共同拥有的永恒记忆。

2008年9月28日17时37分，我国航天员在顺利完成首次空间出舱任务后安全返回，神舟七号载人航天飞行取得圆满成功。我国由此成为世界上第三个独立掌握出舱活动关键技术的国家，中华民族漫步太空的梦想终成现实。

在68个多小时的太空飞行中，航天员飞行乘组翟志刚、刘伯明、景海鹏始终与地面保持密切联系。北京航天飞行控制中心通过航天员生理遥测参数，随时了解他们的身体状况。飞行期间，翟志刚、刘伯明、景海鹏在地面组织指挥和测控系统的协同配合下，顺利完成了空间出舱活动和一系列空间科学试验。按照预定计划，神舟七号载人飞船成功释放了伴飞卫星，进行了绕飞试验。28日16时47分，当神舟七号载人飞船飞临南大西洋海域上空时，在那里待命的"远望"三号航天远洋测量船向其发出返回指令。16时49分，飞船建立返回姿态，返回舱与轨道舱分离。飞船返回舱穿越稠密的大气层后，在内蒙古中部草原成功着陆。担负飞船回收任务的西安卫星测控中心所属着陆场回收站及时发现目标，在陆军航空兵部队配合下，迅速抵达返回舱着陆地点，协助航天员安全出舱。

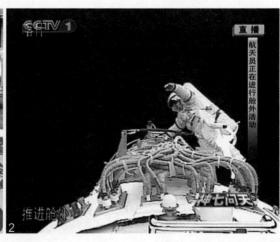

1 徐州艺人剪纸贺"神七"飞天

2 2008年9月27日，执行神舟七号载人航天飞行出舱活动任务的航天员翟志刚在舱外活动

3 2008年9月28日，神舟七号载人航天飞船返回舱在内蒙古四子王旗成功着陆后，搜救人员在回收返回舱

3

　　载人航天是造福全人类的伟大事业，也是增强国家实力、提高国际地位、振奋民族精神的宏伟工程。我国载人航天工程实施以来，在短短16年的时间内，就实现了从无人到三人、从舱内到舱外的巨大跨越，成果举世瞩目，成就来之不易。这是党中央、国务院、中央军委科学决策和正确领导的结果，凝结着航天战线无数科技人员、干部职工、部队官兵的心血和智慧，也得到了全国人民的大力支持和无私援助。

　　神舟七号顺利升空见证了中国30年改革开放取得的巨大成就。改革开放以来中国经济快速发展，为中国航天事业发展提供了强大的物质基础。载人航天事业是一项人力物力投入巨大，科技含量高度密集的系统工程，目前世界上只有美国、俄罗斯和中国实现了载人航天飞行。电子化、信息自动化、远程遥控技术、太空食品、宇航服的研发，神舟七号每一项关键技术的突破，都离不开持续的科研投入，离不开相关产业和制造水平的发展进步。没有改革开放以来中国在经济、科技等综合国力方面的长足进步，就没有中国航天事业今天的辉煌。

9 高考制度的恢复

1977年冬天，在邓小平同志的亲自过问和大力支持下，中国恢复停滞了10年的高考。许多中国人的命运因此发生了变化。中国重新迎来了尊重知识、尊重人才的春天。1977年冬天，570万考生满怀热情地走进了期盼多年的考场。1978年夏季，又有590万考生参加考试，两季考生共有1160万人，是迄今为止世界上规模最大的一次考试。

恢复高考是中国教育乃至中国历史上的一件大事。从教育的角度看，极大地提升了高等教育质量，而且使中国的人才培养也重新走上健康的轨道。从社会的角度看，统一高考给所有考生提供的平等竞争权利，极大地激发了人们的学习积极性，并形成了浓厚的学习风气，为政治、经济的各项改革与发展奠定了良好的文化基础。

2007年——高考恢复30年纪念，我们欢呼着，祝福着，希望中国教育事业焕发出勃勃生机。

■ 1977年8月4日早晨，邓小平在人民大会堂，主持召开了科学和教育工作座谈会。就是在这次会议上，邓小平果断决策——恢复中断10年的高考制度

1 1978年2月，恢复高考后的第一批大学生进入大学校门。这是清华大学1977级的学生在课堂上

2 1980年，恢复高考后边读书边照看孩子的大学生母亲

1980年～1981年　转折期

邓小平在1980年1月指出：80年代我们要做三件大事，维护世界和平，实现祖国统一，加紧经济建设。他说，这三件事的核心是现代化建设。时刻准备着！为了实现四个现代化！

这，是这个年代乃至很长一个时期，包括莘莘学子在内所有中国人的强烈愿望。这是中国发展的真正转折期。

1982年～1992年　出现勃勃生机

党的十二大提出"本世纪末实现工农业年总产值翻两番的目标"；十三大提出"一个中心、两个基本点"的基本路线，制定了到下世纪中叶分三步走、实现现代化的发展战略；好几个"五年计划"稳步实施……这十年，喜讯频传，中央一次就批准21个高新技术产业开发区享受国家级优惠政策……一位伟人在这时候告诫后人：改革开放胆子要大一些，抓住时机，发展自己，关键是发展经济。

他说，发展才是硬道理。所有的话语都蕴含着勃勃生机。埋头走自己的路要紧！

1993年～2000年　前行中的大变革

2000年，经过一年的试行，高考扩招如火如荼地展开。对个人而言，高考不再遥不可及，而扩招之后可能引发的"连锁反应"却成为社会各界争论的焦点。

从一个狂热时代走出的人们，开始理性地看待中国所发生的一切。

2007年　回归中的盛宴

高考制度恢复已经30年了，从1977年"破冰"开始，经历过双轨、并轨、扩招，一路走到今天，高考改革的步伐更加稳健。

2007年，高考及教育制度改革走向了"回归"。3月5日，一个好消息从十届全国人大五次会议上传来：国务院总理温家宝宣布，曾经在相当长时间内实行的师范生免费教育制度，如今将重新返回大学校园。这个具有示范性的举措，就是要进一步形成尊师重教的浓厚氛围，让教育成为全社会最受尊重的事业。这，正是为了促进教育发展和教育公平采取的重大措施。让我们满怀信心，迈向明天。

■ 20世纪80年代，年轻人求知的欲望空前高涨，每当星期天早晨，上海图书馆门口排起等候开门的长队，他们为的是能够在图书馆得到学习的一席之地

10 教育体制改革的决定

1983年，邓小平同志提出"教育要面向现代化，面向世界，面向未来"，这是我国新时期教育改革的根本指导思想。1985年5月27日，中共中央发出《关于教育体制改革的决定》。《决定》指出，教育体制改革的根本目的是提高民族素质，多出人才，出好人才。从此，我国教育体制进入了一个大改革的时期。

中国教育体制改革的主要内容是：改革教育管理体制，在加强宏观管理的同时，坚决实行简政放权，扩大学校的办学自主权；调整教育结构，相应地改革劳动人事制度；改革同社会主义现代化不相适应的教育思想、教育内容、教育方法。经过改革，要达到：使基础教育得到切实地加强，职业技术教育得到广泛地发展，高等学校的潜力和活力得到充分地发挥，学校教育和学校外、学校后的教育并举，各级各类教育能够主动适应经济和社会发展的多方面需要。

随着改革开放的深入，自《决定》出台后，中国教育体制改革一步一个脚印向前发展。

在1985年《中共中央关于教育体制改革的决定》和1993年《中国教育改革和发展纲要》这两个文件指导之下，教育从偏重于政治工具的功能，转变为偏重于人力资源开发的经济功能，以满足公众的需求。

改革开放30年来，回顾中国教育体制的改革，在多个方面都取得了良好的成效。

1 1991年夏天，山东青岛，一小孩在母亲看守下练琴
2 1980年，在云南瑞丽的一个小学校内，有一群小学生正在打乒乓球

1 少年宫的孩子们在老师的带领下外出写生
2 艺术院校"大会战"式的考试

调整了政府与高等学校的关系

从80年代到90年代，改革高等学校管理体制，实行党政分开，试行"校长负责制"。全国有二百余所高校进行试点，取得了良好的成效。从90年代中期开始，与国务院机构改革同步，实行高等学校下放、调整、合并、共建的改革，建立了中央和省两级办学、分级管理、以省为主的高等教育管理体制。

教育经费投入体制

建立教育公共财政制度，使教育投入和义务教育经费保障纳入法制的轨道。

义务教育管理体制

实现九年义务教育是我国教育体制改革以来最重要的成就。1986年我国颁布了《中华人民共和国义务教育法》，成为实施义务教育的法律保证，逐步建立了义务教育以区、县、乡为主的管理体制。2002年以来的农村税费改革、义务教育"一费制"的实施以及2005年关于逐步实现免费义务教育的政策对1986年颁布的义务教育法进行了科学上的补充和修正。

高中、高等学校的招生制度变革

其标志性事件是90年代中期的双轨制招生和1997年的"并轨"。世纪之交的高考改革主要集中在考试科目、内容、方法方面。考试科目由原来的六门改为"3＋1"、"3＋X"，自主命题的省份逐步增加。有限的自主招生权利开始下放给部分重点大学。

办学、投资体制的多元化发展

20世纪90年代以来的这一变革，在很大程度上解决了"穷国办大教育"的资金不足。

2003年和2004年，备受期盼的《中华人民共和国民办教育促进法》及其《实施条例》相继出台。

1 中学生埋头苦读准备高考
2 2003年南京，高考继续推进"3＋X"高考科目
3 武汉市七大城区高考点，设置了大批遮阳伞，为送考家长送去阴凉

11 减免贫困地区学生学杂费

"自古读书须缴费,而今上学不花钞。"广西马山县里当中学一位初三学生写的诗,表达了中西部中小学生的喜悦心情。"免除学杂费,农民得实惠"成为新的流行语;"新的学期到学校,两免一补真热闹。爸爸妈妈开怀笑,同学乐得呱呱叫"的新童谣广为传诵。很多农民为表达喜悦和感激之情,自发地跑到学校放鞭炮。陕西一位贫困县的村民开学时到学校为儿子交学费,当知道不但杂费免了,课本费也不用交了,学校还补助生活费,随口编了一首打油诗:"中央给咱办实惠,农民种地不交税,娃娃上学不交费,真是和谐好社会。"

国家从2004年起正式启动在592个国家级贫困县实行"两免一补";2005年开始对所有农村贫困地区实行"两免一补";2006年宣布用两年时间对我国农村义务教育阶段所有学生实行免学费、免杂费;2007年在此基础上进一步启动对农村义务教育阶段所有学生免教科书费。

"两免一补"是指免杂费、免书本费,补助寄宿生生活费。这项政策始于2001年。《国务院关于进一步加强农村教育工作的决定》提出,到2007年,争取全国农村义务教育阶段家庭经济困难学生都能享受到"两免一补",努力做到不让学生因家庭经济困难而失学。实行"两免一补",是党中央、国务院着眼经济社会发展全局作出的重大决策;是贯彻落实科学发展观,促进城乡、区域统筹协调发展的根本要求;是构建和谐社会、促进解决"三农"问题、确保教育机会公正公平的一项重要举措;是维护广大人民群众根本利益,功在当代、利在千秋的"民心工程"、"德政工程"。

"十五"期间,党和政府将农村教育作为解决"三农"问题的重中之重,出台了"两免一补"这项和免除农业税一样重要的政策,其

1 四川雅安望鱼古镇小学校开学了
2 贵州省紫云县水塘镇格凸村中洞希望小学的学生在课堂上
3 贵州省紫云县水塘镇格凸村中洞希望小学的学生在课间玩耍

意义十分深远。"两免一补"的实施带来了巨大的社会效益，缓解了全国特困群体以及低收入群体子女因贫困而上学难的问题。对于加快农村教育事业发展，提高农村人力资源素质，巩固"普九"成果，具有不可替代的重要作用。

其一，有利于城乡教育均衡化。20年前我国实施普及九年义务教育时，国家设计的分区域逐步实现"普九"目标，在一些贫困地区仍然有一定的难度。"两免一补"政策首先从"国贫县"农村开始，然后惠及所有农村贫困学生，再惠及农村所有学生，促进了城乡教育的均衡发展。

其二，有利于提高义务教育的普及率。农村初中学生辍学现象仍然存在。我们调查发现，因为"家庭经济困难"原因辍学，是仅次于"学习跟不上"原因的第二大原因。"两免一补"解决了因为经济困难学生辍学的问题，对巩固"普九"成果十分必要。

其三，有利于提高教育质量。当学生拿到政府免费提供的教科书时，心中产生的感激之情就可能转化为学习积极性。

其四，有利于明晰政府和公民对义务教育的责任。由中央财政和地方财政分别承担相应的支出，明确了办义务教育是政府的责任；同时取消了过去的一些收费项目，也强化了作为家长的公民对子女接受义务教育的无条件性和强制性，从根本上建立了义务教育的动力机制。

第五章

文 体

引　言

文化一般指的是物质、制度、风俗习惯、思想与价值这四个层面以及这四个层面所延伸出来的东西。凡是超过本能的、人类有意识地作用于自然界和社会的一切活动及其结果，都属于文化范畴。文化是人类的创造，是在人类进化过程中衍生出来或创造出来的高级精神产物。文化是一个连续不断的动态过程，具有不断变迁的特性。

■ 北京申奥成功

中国文化造就了中国辉煌灿烂的历史文明。"见一叶落而知天下之秋"的中国，产生了很多的文人、思想家和哲学家以及很多优秀的文学作品。

改革开放30年来，中国文化经历了无数次的变迁。在变迁中，随着时间的流动，记录着中国文化的不断进取和不断净化。各个时代的知名作家和文学作品层出不穷，每个时代的文化特征都各有风格。随后，草根文化、外来文化影响着中国传统文化。

"没有改革开放，就没有中国今天的经济发展；没有经济发展，中国体育也不会有今天的成就。"国家体育总局副局长崔大林说。体育作为增强人民体质的一项运动和国家的重点发展领域。改革开放30年来，随着社会的发展和经济水平的提高，人们生活水平也不断提高，以参加体育运动来强身健体已成为越来越多的人的生活方式。

中国重返奥林匹克大家庭，跻身世界竞技体育强国三甲，成功申办2008年奥运会等等成就，展现了中国体育在各个方面的大突破、大发展。

1 茅盾文学奖部分获奖作家
2 茅盾文学奖奖章
3 路边的健身运动

1 首届"茅盾文学奖"揭晓

茅盾文学奖是中国著名作家茅盾先生将自己的25万元稿费捐献出来设立的文学奖项，评奖活动由中国作家协会主办，根据茅盾先生生前遗愿于1981年设立，此奖项的设立旨在推出和褒奖长篇小说作家和作品。"茅盾文学奖"是中国第一次设立的以个人名字命名的文学奖项之一，也是中国长篇小说的最高文学奖项之一，在中国文坛有着很大的影响力。

茅盾文学奖规定每三年评选一次，参与首评而未获奖的作品，在下一届以至于将来历届评选中仍可获奖。首届评选在1982年确定，评选范围限于1977年至1981年的长篇小说。这正是改革开放拉开帷幕之时。

1982年12月6日，首届"茅盾文学奖"评选揭晓。周克芹的《许茂和他的女儿们》、魏巍的《东方》、姚雪垠的《李自成》

1 中国首届茅盾文学奖颁奖大会

2 中国首届茅盾文学奖评选揭晓

3 中国第三届茅盾文学奖颁奖大会

4 中国第六届茅盾文学奖颁奖大会

第二卷、莫应丰的《将军吟》、李国文的《冬天里的春天》、古华的《芙蓉镇》6部长篇小说获首届"茅盾文学奖"。

茅盾文学奖评选工作贯彻"百花齐放，百家争鸣"的方针，弘扬主旋律，提倡多样化，鼓励关注现实生活、体现时代精神，坚持导向性、权威性、公正性，推出具有深刻思想内容和丰厚审美意蕴的长篇小说作品。

茅盾文学奖的评选标准以坚持思想性与艺术性完美统一的原则，作品有利于倡导爱国主义、集体主义、社会主义的思想和精神，有利于倡导改革开放和现代化建设的思想和精神，有利于倡导民族团结、社会进步、人民幸福的思想和精神，有利于倡导用诚实劳动争取美好生活的思想和精神；对于深刻反映现实生活，塑造社会主义新人形象，较好地体现时代精神和历史发展趋势的作品，尤应重点关注；要兼顾题材、主题、风格的多样化。

并且重视作品的艺术品位，鼓励在继承我国优秀传统文化和借鉴外国优秀文化基础上的探索和创新，鼓励那些具有中国作风和中国气派，为人民大众所喜闻乐见，具有艺术感染力的佳作。

茅盾文学奖的设立，鼓励了诸多

1 周克芹
《许茂和他的女儿们》

2 魏 巍
《东方》

3 姚雪垠
《李自成》

4 莫应丰
《将军吟》

5 李国文
《冬天里的春天》

6 古 华
《芙蓉镇》

1 路 遥
《平凡的世界》
2 凌 力
《少年天子》
3 孙力 余小惠
《都市风流》
4 刘白羽
《第二个太阳》
5 霍 达
《穆斯林的葬礼》
6 萧 克
《浴血罗霄》

文学人士的创作之路。使得中国文学界上产生出很多优秀作家和文学作品。在此后的几届获奖作品中，我们跟随着获奖作家的文学之路，似乎看到了改革开放为文学界带来的美好春天。

第二届获奖作品：李准的《黄河东流去》、张洁的《沉重的翅膀》、刘心武的《钟鼓楼》。

第三届获奖作品：凌力的《少年天子》、路遥的《平凡的世界》、孙力和余小惠合著的《都市风流》、刘白羽的《第二个太阳》、霍达的《穆斯林的葬礼》、萧克的《浴血罗霄》。

第四届获奖作品：陈忠实的《白鹿原》、王火的《战争和人》、刘斯奋的《白门柳》、刘玉民的《骚动之秋》。

第五届获奖作品：张平的《抉择》、阿来的《尘埃落定》、王安忆的《长恨歌》、王旭烽的《茶人三部曲》。

第六届获奖作品：熊召政的《张居正》、张洁的《无字》、徐贵祥的《历史的天空》、柳建伟的《英雄时代》、宗璞的《东藏记》。

2 看春晚迎新年

1983年，一件重大而又独特的文化盛事——春节联欢晚会在大年之夜隆重推出。春节联欢晚会的适时推出主要是为了适应改革开放后的社会主流形势和文化领域呈现的活跃氛围以及国人思想解放、振奋激扬的心理状态。春节联欢晚会一经推出，令全国人民耳目一新，受到人们的欢迎和称赞，堪称中国传统民俗文化界的又一大事迹。

改革开放30年来，春节联欢晚会这一文化盛事已经经历了整整25个年头，在这25年里，每年的春晚都给人们留下了深刻的印象。

1983年，央视推出第一届春节联欢晚会。因为当时是第一届，所以也没有邀请专门的主持人，马季、姜昆、刘晓庆成了首届春晚的当家红人。老一辈歌唱家李谷一则成为春晚正式登台的第一位实力派演唱歌手，一曲《乡恋》"你的声音，你的歌声，永远印在我的心中。"给无数观众留下了深刻的印象，也唤起了远在他乡的游子的思乡之情。

1984年，春晚节目中的小品让观众笑颜大开，小品演员这一全新的艺术表演职业出现在观众的视线中。马季在台上四处吆喝着"宇宙牌香烟"，紧接着是著名小品演员陈佩斯被朱时茂忽悠得一

1 中央电视台为1985年除夕精心编排的一台晚会节目正在紧张排练中。电影演员陈佩斯（左）、朱时茂（右）在赶排一出新的喜剧小品《拍电影》

2 1987年，中央电视台春节晚会，马季、赵炎、冯巩、王金宝……

3 淮河旁，歌星尹相杰和于文华二人唱《纤夫的爱》

碗接一碗地吃面条。小品和相声的出现，让接下来的春晚有了更多欢声笑语，也让老百姓有了津津乐道的对象。

1987年，费翔，这个有着一半中国血统的高大英俊男歌手的出现让春晚达到了一个新的高峰，其英俊迷人的形象和歌声让大多数观众为之痴狂、为之倾倒，他闪动着迷人的双眼唱着《故乡的云》和《冬天里的一把火》在春节联欢晚会上出尽了风头。

1988年，小品大腕宋丹丹亮相春晚，小品《懒汉相亲》让大家记住了她——这个用小品为大家带来乐趣的艺术家。

1994年，于文华和尹相杰这对黄金搭档唱红了"妹妹你坐船头，哥哥在岸上走，恩恩爱爱纤绳荡悠悠……"这首耳熟能详的歌，当年街头巷尾的录音机里放的几乎都是这首歌，甚至连幼儿园的小朋友都能哼上几句。

1998年，王菲、那英两位"大姐"级歌手同台演唱"来吧来吧相约九八。"为晚会增添了新的力量。此后，大牌明星陆续登上春节联欢晚会的舞台。

1999年，陈红的一首"常回家看看"，唤起了观众对回家和亲情的呼唤。这首歌也成为人们在想家时候的一种情感抒发。那种贴近现实生活的歌词和旋律不由得让人心生感恩。

2000年，"秋波就是秋天的菠菜，你咋连这个都忘了呢？"宋丹丹和赵本山又为老百姓创造了一个新名词，很多人在春节晚会之后，竟然把这句话当做脑筋急转弯考验其他人的记性。

2005年，如果要问春晚最出色的节目是什么，很多

人都会说是《千手观音》。这段由中国残疾人艺术团21位聋哑人共同演出的舞蹈，以其巧妙的构思，成为2005年春晚最受欢迎的节目。

可以说，每一届春晚都有让人感动和喜欢的节目。作为一个历经20多年发展的重要文化事件。春节联欢晚会的推出代表了中国的改革开放政策对文化领域的深刻影响，代表了文化领域的自主自由开放。更为重要的是，这一事件选择了一个特殊的时刻——春节这个极具中国传统文化意义的时间区间，这就意味着老百姓就像接受年夜饭一样接受了这一文化事件。二十多年来，央视春节联欢晚会留下了许多令人印象深刻的人和事，它制造了许多流行语，捧红了许多原来名不见经传的明星，产生了不少值得关注的电视现象。

1 中央电视台春节晚会上潘长江、巩汉林与台湾女演员王思懿表演的小品
2 中央电视台春节晚会上赵丽蓉与巩汉林表演的小品
3 中央电视台春节晚会，冯巩、郭冬临等表演的小品
4 2002年，中央电视台春节晚会上赵本山与宋丹丹表演的小品
5 2002年，春节晚会上彭丽媛在演唱《朋友》
6 2003年1月，黄宏、牛莉等表演的小品《足疗》
7 邰丽华等聋哑人表演群舞《千手观音》

3 文化明星

　　文化影响着社会发展的各个方面，代表着一个国家、一个民族以及个人在未来生活的一种希望。而文化程度根基深厚的民族从根本上来说，发展将快于根基薄弱的民族。

　　在一个国家、一个民族，老百姓对文化的需求、渴望越迫切，就说明这个国家、民族的文化传承和发展越快。中国就是一个文化根基很深厚的国家，许多专家学者开始参与搭建学术与普通百姓沟通的桥梁。由此，一大批以前"埋头做学问"的教授学者纷纷在荧屏亮相，用通俗的方式解读中国历史文化和传统文学，在观众中引起强烈地反响和共鸣。

　　提起易中天和于丹，不管是在文化圈还是在娱乐圈，可谓无人不知、无人不晓。面对他们的迅速走红和讲学形式，有人用"文化明星"来形容他们的特殊身份。

■ 在书城里宣传易中天的
《品三国》海报

　　易中天，现任厦门大学人文学院教授，著有《文心雕龙美学思想论稿》《艺术人类学》等著作。撰写出版了"易中天随笔体学术著作·中国文化系列"四种：《闲话中国人》《中国的男人和女人》《读城记》和《品人录》。2005年开始在CCTV-10百家讲坛节目里讲解历史，因其独特的讲述方式和幽默风格，受到大众的追捧。2006年开始制作《易中天品三国》。2007年，做客央视"百家讲坛"，主讲"汉代风俗人物"系列讲座。他独辟蹊径，述说历史的风格和"俗不可耐"的语言，有趣地还原了历史的本来面目，受到了观众的喜爱。

　　于丹，北京师范大学艺术与传媒学院副教授，中国古代文学硕士，影视传媒系主任，影视学博士，硕士生导师。出版《形象 品牌 竞争力》等专著多部。为中央电视台《东方时空》《今日说法》《艺术人生》等50个电视栏目进行策划，现任中央电视台新闻频道、科教频道总顾问，北京电视台首席策划顾问。古典文化研究者和传播者。2006年"十一"黄金假日在央视百家讲坛连续七天解读《论语》心得，受到观众的热烈欢迎。

　　一部《品三国》让易中天名扬海内外，两本《论语》"心得"使于丹远赴世界各地讲学。伴随易中天、于丹等文化名人的另类走红，中国书市2006年热销榜上，各类历史题材书籍名列前茅。由此可见，"新明星学者"正是以"浅显易懂"贴近了大众，唤起了大众对传统历史文化的兴趣。

■ 易中天已出版的作品

■ 于丹与她的作品

画家陈丹青对易中天现象评论说："孔子要活到今天，绝对霸占电视台。胡适、鲁迅活到今天，坦然上电视。"上海文艺出版社一位副总编指出："教授上电视成明星，是娱乐化和反娱乐化的平衡。"他指出，当下，商业文化挑战主流文化，娱乐取代一切，娱乐就是新闻，就是文学。对此，学者李泽厚也表示认同。他在接受媒体采访时说，之所以产生这种浅思维的历史热，一方面是有市场，读者需要；另外一个重要原因是大众"没有更好更多的选择"。上海一位出版人认为，严肃的学术研究与易中天、于丹等人的"俗说"本来并行不悖。只是，中国学术界应该出现更多的易中天，让老百姓在追捧娱乐明星之外，也能追捧学者，崇尚知识。而"新明星学者"掌握话语权之后，则更应该担负起传播真知的责任。

文化的目的从本质上说就是促进社会进步。文化来源于社会生活的同时，也应该服务于社会生活。目前，易中天已成为一种现象，这种现象之所以受到大众的推崇，其实是因为大众的需求就是让学者将深奥的文学作品或者历史以一种趣味性而非陈列式的方式展现给读者，把刻板的内容解说成日常大众通俗易懂的语言，这对时下提高人们读书的兴趣，提升大众的阅读品位，传承中国传统历史与文化是一种很好的尝试。

4 非物质文化遗产

毋庸置疑,2007年5月举行的成都首届"非物质文化遗产节"已经成为一次全民的文化狂欢,成为了大家心中的一个代表文化的特殊符号。

非物质文化遗产是根据联合国教科文组织通过的《保护非物质文化遗产公约》中的定义,"非物质文化遗产"指被各群体、团体、有时为个人所视为其文化遗产的各种实践、表演、表现形式、知识体系和技能及其有关的工具、实物、工艺品和文化场所。各个群体和团体随着其所处环境、与自然界的相互关系和历史条件的变化不断使这种代代相传的非物质文化遗产得到创新,同时使他们自己具有一种认同感和历史感,从而促进了文化的多样性和激发人类的创造力。

■ 中国成都国际非物质文化遗产节

非物质文化遗产的最大特点是不脱离民族特殊的生活生产方式，是民族个性、民族审美习惯的"活"的显现。它依托于人本身而存在，以声音、形象和技艺为表现手段，并以身口相传作为文化链而得以延续，是"活"的文化及其传统中最脆弱的部分。因此对于非物质文化遗产传承的过程来说，人就显得尤为重要。

1 川剧绝活变脸
2 川剧绝活吐火
3 川剧绝活顶灯
4 民间艺术表演
5 川剧艺术表演
6 观看民间艺术表演的人群

　　中国成都首届国际非物质文化遗产节是我国也是世界上为非物质文化遗产保护举办的第一个国际性盛会。世界各地优秀的非物质文化遗产项目都聚集在非物质文化遗产节博览会中，为人类非物质文化遗产做最生动、最详尽的展演。

　　非物质文化遗产节博览会的主会场位于四川省成都市金牛区"非物质文化遗产国家公园"，这座国家级非物质文化遗

产公园是全球唯一以非物质文化遗产保护、研究、展示为主题的公园。

一个民族的非物质文化遗产不仅是这个民族智慧的结晶，也是全人类文明的瑰宝，非物质文化遗产节博览会就是为了传承民族文化、沟通人类文明、共建和谐世界，让绚烂夺目的非物质文化遗产之花竞相开放。

我们相信，在广大群众的积极参与下，非遗文化一定能够真正扎根民间，成为永不落幕的文化盛宴！

1 四川绵竹年画门神
2 四川绵竹年画门神
3 四川绵竹年画门神
4 四川绵竹年画门神
5 双遗产文化城市成都市都江堰

5 影响中国的外来文化

外来文化是指通过信息、文化、民族融合等途径把外国的文化引入中国，融中外文化为一体的新文化体系。随着中国近几年来的迅猛发展和沟通的日益方便，改革开放后，外国文化以及西方流行的时尚也开始流入中国，欧美以及日韩文化在中国各大中小城市开始普及，以至于出现了"哈日族"、"哈韩族"、"街舞"、"极限运动"、"80后"、"动漫"、"欧美大片"、"欧美文学"等等新名词，这些外来文化对中国的文化领域以及经济领域等方面都产生了很大的影响。

且看美国街头文化对中国的影响，美国街头文化是美国社会很重要的文化组成部分之一。街头文化里，有我们所熟悉的"街舞"、"HIP—HOP音乐"、"街头篮球"、"涂鸦"，还有来自美国的"摇滚颓废风"。这些文化潮流影响了中国新世纪年轻一代的很多人，他们也同样玩着摇滚、跳着街舞、扎着花头巾、抱着吉他、踏着舞步、玩转在时尚的最前沿。

1 铁路边的涂鸦艺术
2 涂鸦艺术墙
3 动漫真人秀
4 街舞

中国的流行乐坛及影视圈，大多受美国、日韩等地的影响，歌曲旋律、歌词当中所包括的文化内涵也基本都是外国文化的味道。创作者从港台向欧美风格贴近，如王迪、孙国庆。而1986年的百名歌星演唱会更是模仿了杰克逊的援非演唱会。在影视方面，欧美、日韩等国大片成为时下年轻人谈论的又一热门话题。《越狱》《二十四小时》《大长今》《浪漫满屋》等等国外影片和电视剧热遍中国。

跟世界上许多国家一样，日本动漫在我国的年青一代当中也盛行一时，很多青少年对日本的历史一无所知，却知道《多啦A梦》《名侦探柯南》《灌篮高手》《蜡笔小新》《奥特曼》等动画片和片中人物，与这些动画片相关的衍生产品也风靡全球，形成了一个庞大的产业链。同时，韩国和欧美的动漫产品也不断进入我国，《狮子王》《海底总动员》《功夫熊猫》等动画片陆续在全球取得不俗的票房。动漫文化的入侵

1 幼儿动漫比赛
2 动漫画《巴布熊猫》
3 圣诞节平安夜，一群年轻人在广场上点蜡烛庆祝

不可避免地带来了一些负面的影响，如何在外来动漫文化的强势冲击中，扶持我们原创的本土动漫产品，培育我们自己的动漫产品链，已经变得刻不容缓。

在文学作品上，随着中国改革开放的进一步深入，很多国外优秀文学作品被引进中国，人们在阅读国外文化、历史的同时，加深了对世界各国文化的了解，也促进了中国文学领域的发展。如《伊索寓言》《哈利波特》《天蓝色的彼岸》《勇气》《月亮的味道》《一片叶子落下来》等外国文学作品备受关注。

外国文化确实绚丽多彩，而我们在面对外来文化时，应该"取洋人之长，补国人之短，耀出千分光，发出百点热！"而不是盲目崇洋媚外，只有这样才能在继承中国传统文化的同时，有进取性地去学习外来文化的优点。

1 3D动漫《巴布熊猫》
2 风靡一时的《鼹鼠的故事》
3 曾经让无数小孩喜爱的《变型金刚》

6 北京申奥成功见证中国脚步

1990年，北京亚运会后正式提出申办奥运会。1998年11月25日，北京市人民政府向中国奥委会递交申请举办2008年奥运会的申请书。1999年4月7日，经中国奥委会批准，北京市正式向国际奥委会递交申请书。萨马兰奇主席在国际奥委会代表该组织正式接受北京的申请。

从1998年11月25日到2001年国际奥委会投票表决的近3年时间中，大家都只有一个愿望：希望2008年奥运会能在北京举办。而这个共同的愿望似乎让中国人企盼了几个世纪。

时间终于在那一刻到来了，一个历史性的日子！

2001年7月13日晚，莫斯科，一个具有历史性的日子。国际奥委会将投票选出2008年奥运会举办城市。北京、巴黎、多伦多、伊斯坦布尔、大阪5个城市均做着最后一搏。

中国奥委会主席何振梁在做最后总结发言时说："多年来，中国人对于奥林匹克理想不懈追求，就像奥林匹克信仰一样毫不动摇……选择北京，你们将在奥运会历史上，第一次将奥运会带入占世界人口五分之一的国家，让他们有机会为奥林匹克服务。如果举办2008年的奥运会能够授予北京，我可以向你们保证，七年后的北京，会让你们为今天的决定而自豪。"

在经过紧张的投票过程后，当国际奥委会主席宣布结果时，"BEIJING"这个让中国人熟悉得不能再熟悉、等待了整整8年的单词立刻让所有中国人沸腾了！

第29届奥运会主办城市是"北京"这一消息通过各种途径传出后，世界各国纷纷致电表示真诚地祝贺。中国人沉浸在胜利的喜悦中，尽情地狂欢着！

1 2008年奥运会开幕式倒计时
2 国家体育场"鸟巢"

2008年北京奥运会以人文奥运、绿色奥运、科技奥运为主题和特色。

人文奥运是依托于中国5000多年悠久历史文化基础之上的，是北京2008年奥运会的核心和灵魂。北京奥运会将人文奥运内涵界定为："北京2008年奥运会是东西方文化的广泛交流和借鉴融合的盛会，是奥林匹克精神、奥林匹克文化与中华文明相互丰富和相互发展的盛会，是东西方人文思想与和谐在体育领域以及整个人类生活的充分贯彻深刻体现的盛会，是'更高、更快、更强'与'和平、和美、和爱'思想的统一盛会"。

绿色奥运的含义有着各种各样的理解。第一是指物质绿色，场馆和交通的建设更加人性化、科学化、经济化以及会后的可再利用。从意识奥运来讲，奥运会的所有参会者，包括奥运会的组织者、裁判员、运动员以及其他人员等都应有绿色奥运意识，主要

■ 国家游泳中心"水立方"

体现在公平、公正基础上的绿色意识。

科技奥运主要有两个层面的含义。一方面，奥林匹克运动会的举办和发展离不开现代高科技的巨大帮助和支持。同时，奥林匹克运动的发展也为现代科技的进步和发展产生了巨大的推动作用。

2008年北京奥运会，这对中国来说有着深远的历史意义。

首先，2008年北京奥运会的举行将进一步提升中国的国际地位和国际影响力。中国作为发展中国家，能成功赢取举办2008年奥运会的举办权并成功举行，一是可以提升中国的国际地位和国际影响力，另一个方面也是发展中国家举办奥运会的典范，为其他发展中国家起一个标杆作用。为此，将为中国带来无法比拟的声誉；同时，2008年奥运会的举办将能够更好地彰显中国社会主义制度的优越性；展示改革开放后中国的巨大成就；传播中国5000多年悠久的历史和灿烂文化；也是一个搭建中国与国际社会友好互动、民族团结的政治平台。

其次，2008年北京奥运会的举办将极大地激发全国人民的爱国热情，增强民族凝聚力。从经济方面来说，也将能很好地带动北京乃至整个中国国民经济的增长。对中国体育事业的发展更是起到一个不可低估的作用。对举办城市的影响力来说，将从全方位带动北京的发展，提高北京的城市知名度。

在改革开放30周年之际举办北京奥运会，让人惊叹历史如此巧合又意味深长。正是由于改革开放以来不断深厚的物质基础，让我们有能力举办奥运会；也正是由于坚持改革开放的精神。在这个意义上，2008年的北京奥运会，将成为中国改革开放30年发展史上的新界标，成为我们继续解放思想、推进改革开放、融入国际社会的新起点。奥运不仅给北京带来一次机遇，更送给中国一份特殊的纪念：1978年，十一届三中全会启动了中国经济的快车；2008年，北京奥运恰恰成为改革开放结下的一枚硕果。

2008年8月24日，熊熊燃烧了16天的北京奥运会圣火慢慢熄灭，举世瞩目的北京奥运会完美落幕。北京奥运会开幕以来，来自世界五大洲的朋友相聚北京，共同感受国际奥林匹克运动的魅力。各国各地区运动员牢记更快、更高、更强的格言，奋勇拼搏，公平竞争，挑战自我，体现了高超的竞技水平和良好的体育精神。中国人民以极大的热情欢迎各方嘉宾，同世界各国人民共享欢乐和喜悦。北京奥运会弘扬了团结、友谊、和平的奥林匹克精

■ 北京申奥口号"同一个世界，同一个梦想"

■ 北京奥运会会标

神，成为世界各国人民共同见证和参与的国际体育竞赛和文化交流的盛会。北京奥运会的举办，将更加有力地促进中国体育事业向前发展，将更加广泛地促进中国同国际奥林匹克大家庭的交流合作，将更加深入地促进中国人民同世界各国人民的相互了解和友谊。

北京奥运会是在奥林匹克运动史上留下辉煌一页的体育盛会。来自204个国家和地区的1万余名运动员在过去16天里挑战极限、攀越新高，刷新了38项世界纪录和85项奥运会纪录，多个国家和地区实现了奥运会金牌和奖牌零的突破，奏响了更快、更高、更强的激情乐章，描绘了团结、友谊、和平的壮丽画卷。作为东道主的中国，为把北京奥运会办成一届有特色、高水平的奥运会作出了巨大努力，完善的比赛场馆设施，出色的组织服务工作，赢得了奥林匹克大家庭和国际社会的广泛好评。中国体育代表团取得了51枚金牌、100枚奖牌的优异成绩，第一次名列奥运会金牌榜首位，创造了中国体育代表团参加奥运会以来的最好成绩。

7 回顾30年体育盛宴

　　1979年10月25日，国际奥委会执委会通过《名古屋决议》，恢复了中国在国际奥委会中断28年的合法席位。1984年洛杉矶奥运会，是新中国重返奥林匹克大家庭后在世人面前的第一次展示，也是中国体育健儿全面登上世界体坛的标志。在这届奥运会上，射击运动员许海峰夺得男子手枪60发慢射冠军，获得本届奥运会首枚金牌，同时打破中国奥运史上金牌"零"的纪录。

中国奥运第一金

　　1984年第23届洛杉矶奥运会，中国打响奥运第一枪，7月29日，普拉多（本届射击赛场）的枪声给本届奥运会带来了第一枚金牌，27岁的中国射手许海峰是夺得这个荣誉的幸运儿，他也是中国自1932年参加奥运会以来的第一个奥运会金牌得主。

■ 许海峰夺得奥运第一金

中国女排五连冠

首次夺冠：1981年中国女排以亚洲冠军的身份，参加了11月在日本举行的第三届世界杯排球赛。1981年11月16日，中国队以7战全胜的成绩首次夺得世界杯赛冠军。

两连冠：1982年，在秘鲁举行的第九届世锦赛上，主教练袁伟民果断起用年轻队员梁艳、郑美珠。以3比0轻取古巴，赢得了扭转战局的关键一役，此后中国女排又以3比0战胜苏联队，杀入四强。并最终在与东道主秘鲁队的冠亚军决战中以3比0完胜，获得本届锦标赛冠军。

三连冠：1984年，在洛杉矶举行的第24届奥运会上，8月8日的中美决战，中国女排以3比0完胜对手，取得了"三连冠"。

四连冠：1985年在日本举行的第四届世界杯上，中、古之战是世人注目的焦点。最后中国女排以3比1获胜。

五连冠：1986年9月，在前捷克斯洛伐克举行的第十届世界女排锦标赛上，中国女排最终以8战8胜的出色战绩，蝉联冠军，成为世界排球史上第一支获得"五连冠"的队伍。

中国乒乓、跳水、羽毛球雄霸世界

在2000年9月举行的第27届奥运会上，中国体育代表团共取得28枚金牌，位居金牌榜的第三位，实现了历史性的突破。其中，乒乓球、跳水和羽毛球这三个中国体育的传统优势项目，就取得了13枚金牌，几乎占了中国队金牌总数的一半，撑起了半壁江山。

1 中国女排"五连冠"
2 中国羽毛球队男团夺冠

乒乓球　创新中延续辉煌

长期雄霸世界乒坛的中国乒乓球队被西方媒体称为奥运会的"梦之队"。第27届奥运会，中国队包揽全部四枚金牌，这已经是中国队连续在奥运会上囊括金牌。之后，中国队潜心研究11分制的规律，到了2003年，在第47届世乒赛这个新规则正式实行后的第一次世界大赛上，中国选手还是夺得了这次世乒赛中五个项目的四枚金牌，继续保持整体优势。这充分说明，在任何时候任何变化下，技术和能力永远是第一位——这正是中国乒乓球队秉承的一贯思路和作风，也是中国队能够长盛不衰的关键原因。在变化中，中国乒乓球依然站在潮头，在创新中延续着以往的辉煌。

跳水　"梦之队"神话

2000年的悉尼奥运会上，随着双人跳水正式进入奥运会，中国跳水队夺得的金牌数从上届的3枚增加到5枚，书写了跳水"梦之队"的神话。一年之后在2001年福冈世界游泳锦标赛上，他们又创下了八项冠军的历史最好成绩，继续创造着水坛神话。

羽毛球　新人老将都"闪光"

作为羽毛球的大国，中国在第27届奥运会上，包揽了4枚金牌。中国羽毛球队成了继跳水、乒乓球之后第三支中国奥运"梦之队"。为了挣到足够的奥运积分，中国羽毛球队在2003年全面出击，共拿到四星以上级大赛的29枚金牌，无论是刚出道的新人，还是已经28岁的老将，都有闪光的地方。

1 中国跳水"梦之队"
2 中国体操队女团夺冠

冬奥会零的突破

2002年2月16日，举行的第十九届冬奥会短道速滑女子500米的比赛中，杨扬不负众望，以44秒187的成绩夺得金牌，成为中国运动员登上冬奥会冠军领奖台的第一人。

体操获得团体世界冠军

1983年10月，在匈牙利布达佩斯体育馆举行的第二十二届世界体操锦标赛上，我国男子体操队在教练员张健、高健和杨明明的通力合作指挥下，队员童非、李宁、楼云、李月久、李小平、许志强在男子团体赛中，以0.10分的优势，险胜当时称雄世界体坛的苏联男子体操队，第一次获体操世界团体冠军的称号。

多年后，在2006年体操世界锦标赛上，中国男团再次夺冠，并且中国女队以182.20分力压预赛排名第一的美国队获得金牌，这是中国女子体操开展53年来的首个团体项目世界冠军，实现了历史性突破。最可贵的是，这也是53年来第一次男、女团同时夺冠。

中国围棋首获冠军

2008年2月22日，在当天举行的第九届农心杯世界围棋团体锦标赛也就是中日韩三国围棋擂台赛第三阶段的比赛中，中方副将常昊为中国队夺得农心杯冠军，这是中国队在全部15届、跨度16年有余的三国围棋擂台赛中首度称雄。

2008年2月21日，中国棋手常昊九段（右）在比赛中执黑落下第一子。当日，在第九届农心杯世界围棋团体锦标赛（中日韩三国围棋擂台赛）第13局比赛中，常昊执黑中盘战胜韩国棋手朴永训九段。最终，中国队获得农心杯冠军

中国台球首获冠军

2005年4月3日，中国"神奇小子"丁俊晖在海淀体育馆以9比5击败对手，夺得世界职业台球巡回赛中国公开赛冠军，这是中国人第一次获得世界职业台球排名赛冠军，也是世界职业台球界第一次出现持外卡参赛的球手获得冠军。

闯入NBA的中国"YAO"

在18岁入选中国国家篮球队之后，姚明的表现进一步成熟。在2001年的亚洲篮球锦标赛上，姚明平均每场贡献13.4分10.1个篮板和2.8次盖帽，投篮命中率高达72.4%，帮助中国国家队夺得冠军；2000年奥运会期间，姚明平均每场拿下10.5分和球队最高的6个篮板2.2次盖帽，他平均每场63.9%的投篮命中率也无人能比。

在美国当地时间2002年6月26日的选秀大会上，休斯顿火箭队顺利挑到了中国的中锋姚明，他也成为联盟历史上第一个在首轮第一位被选中的外国球员；在姚明加盟休斯顿火箭队之后，他成为继王治郅和巴特尔之后第三位登陆NBA的中国球员。

身为中国队和NBA火箭队的主力中锋，姚明说："我的梦想是代表我的国家参加奥运会。我从未想象过能在我的祖国参加奥运会，这超出了我的梦想。"

1 2005年，丁俊晖夺得世界职业台球巡回赛中国公开赛冠军

2 姚明、孙悦和朱芳雨在2008北京奥运会的男篮赛场上

奥运史上的中国传奇

2002年，刘翔打破尘封24年之久的110米栏世界纪录。第二年，他在世界田径锦标赛上获得一枚铜牌，就此进入世界顶尖跨栏运动员行列。2004年雅典奥运会上，他完美地发挥了自己的技术优势，以近三米的优势率先冲过终点，并且以12.91秒的成绩平了保持11年之久的世界纪录。刘翔是第一位在奥运会田径项目上获得金牌的中国男运动员，在获得这枚奥运会金牌时，刘翔仅21岁。在2008年北京奥运会上，刘翔因伤不得不退出了比赛。但我们有理由相信，这个阳光大男孩一定会在不久的将来，用自己的实力再次为祖国赢得荣誉。

改革开放30年来，还有很多盛事我们不能一一罗列，但是这些盛事却深深地印在我们的脑海里。随时随地犹如天上的繁星照耀着中国前进的道路。

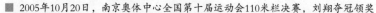

■ 2005年10月20日，南京奥体中心全国第十届运动会110米栏决赛，刘翔夺冠领奖

编后记

　　30年在岁月的长河中只是短暂的一瞬。30年后我们驻足回望，不禁惊讶地发现，翻天覆地的变化已在我们身边悄然发生，我们每个人都是这些变迁的亲历者、见证者和受益者。就青少年而言，他们生长在这个巨变时期，或许从出生的那一刻起，他们就享受着前辈努力的成就，改革开放在他们的头脑中可能只是一个空泛的概念，基于这样的考虑，我们策划并组织编写了这本书，目的其实非常简单，就是想告诉当下的青少年，今天的幸福生活都源自30年前开始的伟大变革，并且，这场人类最伟大的社会实践还将继续，他们也必将成为这场伟大变革的实践者、推动者和创新者。

　　辛亥革命结束了中国沿袭数千年的封建帝制，为近代中国发展进步打开了闸门。新民主主义革命推翻了"三座大山"，建立起人民当家做主的新中国和社会主义基本制度，为当代中国发展进步创造了前提。而始于30年前的改革开放，使社会主义制度得到巩固和完善，为当代中国发展进步开辟了道路。30年改革开放的实践证明，改革开放是决定当代中国命运的关键抉择，是发展中国特色社会主义、实现中华民族伟大复兴的必由之路。我们选择改革开放，这是历史的必然，更是民心所向。

　　改革开放不仅带来了物质上的富裕，也丰富了人们的精神生活，改变了人们的思想观念。人们在改革开放的浪潮中变得更加自信、智慧和自主，想象力和创造力被充分激发，整体素质大幅度提高。与此同时，立党为公、执政为民、以人为本、为民谋利的执政理念得到了全社会的认同，树立科学发展观、构建和谐社会成为全党和全社会的共识。随着国力的不断增强，我国在国际社会的影响力也不断加大。换言之，我们的改革开放不仅造福了本国人民，也为世界的和谐稳定和进步作出了巨大贡献，得到了国际社会的广泛认可和尊重。

　　在改革开放取得巨大成就的今天，我们回望30年来所走过的路，强烈的幸福感油然而生。我们很想告诉躬逢盛世的青少年，在这30年当中，我们的国家都发生了怎样的变化，我们祖国母亲是如何一次次理鬟梳妆、重新焕发出迷人的青春。奈何水平和资料有限，难免挂一漏万，我们仅能粗略地对政治、经济、民生、科教和文体五大板块进行简单梳理，罗列出一些具有代表性的事件和人物，通过这些事件和人物折射出30年来的沧海桑田。若能达此目的，我们就心满意足。

　　在编辑这本公益图书的过程中我们收集了大量的图片，以文献资料的形式呈现给当下的青少年。但因时间紧急，部分图片我们至今无法找到作者，并为其支付稿酬及署名，请这部分作者看到该书后速与四川美术出版社联系，如经证实属本人作品，我们将按我社稿酬标准及时为您支付稿酬。在此，我们向所有提供图片的作者表示深深的感谢！

图片提供

新华社图片网

Potoe图片网

四川画报社图片网

摄影作者（以下作者排名不分先后）

| 王富弟 | 陈 锦 | 张 毅 | 张 磊 | 谭 曦 | 谢盛章 |
| 雷 琳 | 杨卫华 | 赵 军 | 唐正益 | 赵忠路 | 雷书田 |

potoe图片网摄影作者

刘兆明	李江松	汪 皓	叶健强	周国强	任曙林
何 适	施用和	陈 景	鲍 昆	胡伟鸣	黑 风
谭庆驹	林敬东	吴东俊	樊甲山	于惠通	吴 峻
沈 荣	谢光辉	王文澜	李 刚	李江树	江式高
魏德智	胡晓春	安 哥	徐晋燕	李 风	张 波
邵风雷	石宝琇	任锡海	姜 健	陈一年	秦军校
张衍飞	范生华	刘苑生	董力男	陈卫华	邱 鹏
刘博智	常 鸣	胡武功	泛华汇汛	CCTV提供
Li Xiaobing	photobase	James Zeng-Huang

新华社图片网摄影作者

何丰伦	公 磊	凡 军	刘健民	姜恩宇	宋振平
刘莲芬	陈晔华	马占成	任军川	王敬德	杨绍明
巫加都	聂伟华	邓钧照	宋晓刚	薛东梅	罗更前
李 刚	张 旭	张继民	邹 毅	王建民	樊如钧
王新庆

四川画报社图片网摄影作者

| 赵 学 | 赵晓初 | 玫 影 | 陈 东 |